Visuddha Prema

Translated to German from the English version of
Visuddha Prema

JITAVATI DAS

Ukiyoto Publishing

All global publishing rights are held by

Ukiyoto Publishing

Published in 2024

Content Copyright © Jitavati Das
ISBN 9789359207810

All rights reserved.

No part of this publication may be reproduced, transmitted, or stored in a retrieval system, in any form by any means, electronic, mechanical, photocopying, recording or otherwise, without the prior permission of the publisher.

The moral rights of the author have been asserted.

This is a work of fiction. Names, characters, businesses, places, events, locales, and incidents are either the products of the author's imagination or used in a fictitious manner. Any resemblance to actual persons, living or dead, or actual events is purely coincidental.

This book is sold subject to the condition that it shall not by way of trade or otherwise, be lent, resold, hired out or otherwise circulated, without the publisher's prior consent, in any form of binding or cover other than that in which it is published.

www.ukiyoto.com

Danksagung

Ich danke zwei Persönlichkeiten, die mich dazu inspiriert haben, an diesem Buch zu arbeiten.

Dieses Buch ist eine Hommage an meinen verstorbenen Großvater, Karma Yogi Kali Sadhan Das. Er war ein Industrieller und Philanthrop. Er gründete den Tempel, Shri Shri Lokenath Mandir, Teghoria, in der Stadt der Freude, Kalkutta, als Verehrung gegenüber Mahayogi Shri Shri Lokenath Brahmachari. Er glaubte fest an Nishkam Karma, die Disziplin, gute Taten zu tun, ohne eine Belohnung zu erwarten. So hatte er natürlich einen tiefgreifenden Einfluss auf das Leben von Millionen von Menschen. So lernte ich den Wert des Gebens kennen, darüber hinauszugehen, um anderen zu helfen und den weniger Glücklichen zu helfen, seit ich ein kleines Kind war. Er gewann mehrere nationale Auszeichnungen vom indischen Präsidenten, dem Gouverneur, dem CM und anderen angesehenen Persönlichkeiten für seinen Beitrag zum Innovationssektor. Auch wenn ich leider nicht das Privileg hatte, ihn persönlich zu sehen, war er mir immer eine große Inspirationsquelle. Und meine Mutter, die ich immer bewundert habe, ist eine hochgebildete Person mit einem Doktortitel in Philosophie. Sie hat mich inspiriert, verkörpertes Wissen zu teilen. Dies hat zur Entstehung meines Debütbuchs Visuddha Prema geführt.

Widmung

In liebevoller Erinnerung an meinen verstorbenen
Großvater, Karma Yogi Kali Sadhan Das.

Wir fragen nicht nach dem wertvollen Zweck, den die Vögel singen, denn das Lied ist ihr Vergnügen, da sie zum Singen geschaffen wurden.

Ebenso sollten wir nicht fragen, warum der menschliche Geist sich bemüht, die Geheimnisse des Himmels (Universums) zu ergründen. Die Vielfalt des Phänomens Natur ist so groß und der Schatz am Himmel so reich, gerade damit dem menschlichen Geist nie frische Nahrung fehlt.

—Johannes Kepler

Die Komposition beginnt mit dem untersten Element, das das Konzept der abstrakten menschlichen Formen symbolisiert, die in Gefangenschaft leben und glauben, dass es das Ultimative ist. Darüber hinaus gibt es nichts. Auch wenn sie innerhalb des begrenzten Raums kämpfen, leben solche Formen in absolute Blindheit, sich der Realität nicht bewusst. Dies wurde mit dunkelblauen Farbtönen gezeigt, was

Unwissenheit und weniger Wissen beweist. Die menschlichen Formen bewegen sich dann aus dieser Gefangenschaft heraus, um in einen freien Geist auszubrechen, der durch die Formen und leuchtenden Farben vermittelt wird. Dann, wenn er sich nach oben bewegt, symbolisiert er die Konzepte der wahren Liebe, des Samadhi und der sieben Chakren auf geometrische, mathematische und symmetrische Weise, vermittelt jedoch eine abstrakte Bedeutung. Es beginnt mit einer einfachen Linie, dem untersten Chakra, und geht bei jedem Schritt weiter, wobei eine Linie oder Dimension hinzugefügt wird, um ein völlig neues Polygon zu bilden. Die Linie wird zu zwei, die einen Scheitelpunkt bilden. Die beiden Linien bilden ein Dreieck, ein Quadrat und so weiter, um das Septagon, das siebte Chakra, zu erreichen. Das Septagon ist in einem Kreis eingeschlossen, der im Wesentlichen (in der Geometrie) ein Polygon mit unendlichen Seiten ist. Dieser Kreis oder dieses unendliche Polygon ist die Phase, in der man die unendliche Dimension des Nirvana oder Samadhi erreicht. Der Faden der Hingabe und der wahren Liebe kommt herein, um das alles wieder zusammenzuhalten. Das ist eine bindende Kraft für all diese sich entwickelnden Dimensionen. Da dies ein entscheidender Faden zwischen diesen Elementen ist, bedeutet es auch, dass Liebe und Hingabe das Rückgrat aller Menschen sein sollten, was zweifellos zu einer besseren Welt führt. Dieses Konzept passt zu den revolutionären spirituellen Ideen, die uns dieses Buch gibt.

Vorwort

Yoga ist aus historischer, objektiver Sicht ein Selbstverbesserungsprozess, der über Asana und Pranayama hinausgeht. Nach den Yoga-Sutras von Patanjali sind sie nur zwei eines achtstufigen Prozesses, der zu Moksha (Samadhi) führt. Yoga ist nicht etwas, das in ein Land oder eine Religion verbannt werden kann. Obwohl es sorgfältig und kunstvoll durch heilige Texte Indiens wie die Bhagavad Gita, die Yoga-Sutras und andere alte Weisheitslehren definiert wird, ist es ein universelles Prinzip, das der gesamten Menschheit innewohnt und daher auf die gesamte Gesellschaft anwendbar ist. Einfach definiert, ist Yoga eine Disziplin oder ein System, das das Bewusstsein mit seinem wahren Selbst und gleichzeitig mit dem Höchsten Selbst oder Gott in einer oder allen seinen Manifestationen verbindet. Mit anderen Worten, es ist eine Disziplin, die der Menschheit die Möglichkeit bietet, ihr höchstes Ziel zu erreichen. Da es viele Denkweisen unter den Menschen gibt, können viele Arten von Yoga einen auf die Reise der Selbstfindung führen. Krsna erwähnt in der Bhagavad Gita Sankhya Yoga (Yoga der Analyse), Buddhi Yoga (Yoga der Intelligenz), Karma Yoga (Yoga der Handlung), Dhyana Yoga (Yoga der Meditation), Bhakti Yoga (Yoga der Liebe und Hingabe an Gott) und Jnana Yoga (Yoga des Wissens). Entsprechend der psycho-physischen Disposition des Individuums hat das universelle System des Yoga Nuancen, die der

Denkweise des Praktizierenden entsprechen. Wenn man intellektuell entsorgt, neugierig, ergebnisorientiert ist oder einfach auf der Suche nach einem friedvollen Geist, manifestiert sich Yoga mit einer entsprechenden Anwendung.

Obwohl es viele Yogas zu geben scheint, ist Yoga ein Ausdruck der Barmherzigkeit der Göttlichkeit, um die Seele wieder mit ihrer wahren, spirituellen Natur zu verbinden, frei von Leiden und Illusionen. Am Ende des sechsten Kapitels der Bhagavad Gita (das 18 Kapitel lang ist) gibt Krsna seine Meinung ab, dass das umfassendste Yogasystem Bhakti ist. Daher ist das Thema in diesem Buch, Visuddha Prema, die höchste Dimension von Bhakti, ein Thema, das es zu erforschen und zu verstehen gilt. Ich glaube, dies wird eine aufschlussreiche und prägnante Lektüre für die jungen Generationen sein. Mein Dank gilt Jitavati, dass sie sich die Zeit genommen hat, ihren Lesern dieses Verständnis von reiner Liebe zu Gott näher zu bringen.

– Von Krishna Prasad
Das, ISKCON Deland,
Florida

Inhalt

Einleitung	1
Yoga—The Verbindungsfaktor	12
Yogeshwara	28
Rishihood	39
Yoga: Die Alte Praxis	49
Jnana Yoga: Das Transzendentale Wissen	64
Bhakti Yoga: Göttliche Liebe	75
Yoga Ist Liebe	87
Ignoranz Zum Bewusstsein	103
Perspektiven	119

Einleitung

Visuddha Prema in seiner wahren Form bezieht sich auf reine Liebe. Dieses Buch vermittelt Wissen über die Liebe, die die Menschheit vereint und die Menschheit transzendiert, um die ultimative Wahrheit des menschlichen Lebens zu erlangen. Dieses Wissen lehrt die Menschheit also über die Grundlagen des Lebens, das Liebe, Mitgefühl und Vereinigung bewirkt. Die Abkehr des Geistes vom Materialismus ist das Aufwärmen zu Beginn des Yoga, und die Vereinigung von individuellem und universellem Bewusstsein ist das ultimative Ziel. Im Wesentlichen lehrt es uns, zwischen richtig oder falsch, gut oder schlecht zu unterscheiden. Ziel ist es, zu erkennen, wie wichtig es ist, Mitmenschen zu verstehen. Das wesentliche Erlernen von Yoga geht allen Religionen voraus.

Die Kunst, Energie zu mobilisieren, um die Menschheit zu entwickeln, um ihr höchstes Potenzial zu erreichen, ist als Yoga bekannt.

Yoga hat verschiedene Definitionen für sich:

- "Yoga chittavruttinirodh" oder Denkprozess, um die höchste Vereinigung zu erreichen - Rishi Patanjali
- „Was die Seele mit der Befreiung verbindet, ist Yoga." — Acharya Haribhadra

- Iccha nirodh iti Tapa und Tapasya nirjarasch, das heißt: „Keine neuen Wünsche summieren sich zu Karma."— Acharya Umaswati in Tatvartha

Dies gilt als die Definition von Moksha. Daher ähnelt der Zweck von Yoga im Hinduismus dem von Tapa im Jainismus.

Samatvam yoga uchyate - „Sei standhaft in der Erfüllung deiner Pflicht, o Arjun, und gib die Anhaftung an Erfolg und Misserfolg auf. Solch ein Gleichmut wird Yoga genannt."

—Bhagavad Gita 2,48

Als Praktizierende müssen wir die Korrelation zwischen den drei Traditionen Hinduismus, Buddhismus und Jainismus verstehen. Zuallererst ist es wichtig, die Wurzeln des Yoga zu erkennen. Die robuste und mächtige Basis der Ideologien von heute geht auf die Ewigkeit zurück, in der die Zeit zu einer Illusion ohne Anfang, Mitte oder Ende wird. Es hört auf, eine Rolle zu spielen. Das eigene Bewusstsein übernimmt. Das Verstehen der Wurzeln ist der erste Schritt auf dieser Reise.

Yoga ist das außergewöhnlichste Wissen, das alle ideologischen Kästen durchbricht. Daher wurde die Kultivierung aufrichtiger Toleranz gegenüber den drei großen Formen des Yoga und ihren Zweigen, Schulen, Linien und einzelnen Praktizierenden als einer der grundlegenden Faktoren verstanden. Die Form von Lord Shiva, Dakshinamurthy, die Wissen vermittelt, wurde hier deutlich hervorgehoben. Die Perspektive von Adi Guru, Adi Yogi oder Yogeshwara ist einzigartig faszinierend. Die Menschheit ist immer noch fasziniert von dem ewig enthüllten Wissen. Die Bedeutung eines solchen Gurus zu verstehen und zu erkennen, einer, der den Sapta Rishis Wissen vermittelt hat, einer, der der Menschheit den Weg zur Befreiung gezeigt hat; Er, der unbestreitbar, unbeabsichtigt anerkennbar ist; Er, der hervorragendste Guru der Ewigkeit, hat in diesem Buch einiges zu sagen gehabt.

Im Anschluss daran sind wir auf Rishihood gestoßen, die die Lebensgeschichte eines der prominenten Maharishis aller Zeiten beschreibt - die Geschichte von Mahayogi Shri Shri Baba Lokenath Brahmachari, dessen Geschichte ein vielversprechendes Beispiel für Inspiration ist, wie es in den alten Yoga-Traditionen, einschließlich Hatha-Yoga, Raja-Yoga, Karma-Yoga, Jnana-Yoga und Bhakti-Yoga, beschrieben wird.

Hatha Yoga ist die Kunst der Asanas, die heute von der Menschheit in den meisten Teilen der Welt praktiziert wird. Aber was bedauerlich ist, ist, wie Hatha-Yoga als das einzige Yoga als Ganzes wahrgenommen wird. Der Schlüssel liegt im Verständnis, dass dies der erste Schritt zu dieser göttlichen Praxis ist.

Raja Yoga zielt darauf ab, alle Gedankenwellen oder mentalen Modifikationen zu kontrollieren. Laut Patanjali ist die Jangama-Dhyana-Technik der Ort, an dem der Geist meditiert und sich zwischen den

Augenbrauen konzentriert; schließlich erfährt der Yogi das Bewusstsein der Existenz und erlangt Selbstverwirklichung.

In der zweiten Hälfte des Buches beschreibe ich die Ansichten von Swami Vivekananda über Raja Yoga. Es folgt die Beschreibung von Ashtanga-Yoga, die mit Lord Krishnas Wahrnehmung von Raja-Yoga endet, die ich hier kurz erwähnen werde. In der Bhagavad Gita sagt Lord Krishna, dass Raja Yoga eine ausgezeichnete Kenntnis sowohl der intellektuellen als auch der spirituellen Weisheit ist. Er fügt hinzu, dass dieses Wissen uns befähigt, das höchste Bewusstsein zu erreichen. Dieses Wissen ist transzendentales Wissen, um den Unterschied zwischen dem Atman und dem äußeren Körper zu verstehen.

Karma Yoga ist die schöne Reise, einen Alltag unter Mitmenschen zu leben und dennoch handlungen mit Perfektion und ohne Erwartung des Nettoergebnisses. Zu verstehen, dass das, was du zurückgibst, zurückkommt, ist die wahre Essenz von Karma Yoga - jede Handlung hat eine entgegengesetzte oder gleiche Reaktion. Vor diesem Hintergrund sollten wir den Wert des Gebens von Liebe, Mitgefühl, Wissen und so weiter verstehen, weil das Universum zurückgibt, was es empfängt. Die Welt ist bedrückend, aber sie hat ihre Möglichkeiten, dir etwas zurückzugeben.

Jnana Yoga ist eine spirituelle Praxis, auch bekannt als Jnana Marga, die sich weiter auf den "Pfad des Wissens" oder der Selbstverwirklichung konzentriert. Das primäre Ziel von Jnana Yoga ist die

Verwirklichung der Einheit des individuellen und universellen Selbst. Diese mystischen Lehren finden sich in den Upanishaden. Dies wird Kriya (Praxis) genannt, was "der Weg der Erkenntnis des Selbst oder der Vereinigung" ist.

Die Menschheit muss den x-Faktor verstehen, der als der Reichtum der Wirtschaft, das Leben einer Pflanze und der Blitz am Himmel wahrgenommen werden kann. Alles, was ohne Gewissheit zu verstehen ist, ist zu leben, zu atmen ist zu fühlen, zu denken ist zu sehen, und all diese abstrakten Phänomene führen zum Verständnis von Leben, Tod und Menschheit. Wenn wir diese verstehen, kommen wir unserem Jiva nahe, dessen Energie gefühlt wird, aber wir sind uns der Gefühle nicht bewusst.

So notwendig es ist, das Leben zu verstehen, so wichtig ist es, den Tod als seine Grundform zu verstehen. Glauben, Verstehen und vielleicht das Vermitteln des Wissens über den Tod sind die wichtigsten Praktiken. Wissen zu vermitteln ist essentiell, weil es aus meiner Sicht eine der höchsten Formen des Nishkaam-Karmas ist. Nun zurück zum Punkt des Todes, der Tod ist das Ende seiner Reise im menschlichen körper und den Beginn der Reise als Seele oder Jiva. Sogar der große Buddha vermittelte das Wissen: "Wer im Tod trauert, ist ein Narr". Der Tod ist nicht die plötzliche Veränderung der eigenen Form, sondern das Ende der karmischen Schulden in einem bestimmten Leben. Wer diese Meinung versteht, ist weise.

Bhakti Yoga ist eine Verwirklichung des Höchsten Bewusstseins oder die göttliche Vereinigung mit dem Höchsten Bewusstsein. Dies ist die ultimative Verwirklichung des Lebens. Dieses Bewusstsein wird Glückseligkeit und Wohlstand geben, und der Praktizierende wird das Gefühl der Trennung von den alldurchdringenden Kräften aufgeben. Es wird alle Erklärungen und Identitäten aufgeben, die von der Menschheit definiert werden. In der Fülle der Zeit wird sich der Yogi in den weiten, unendlichen Ozean der Liebe und Bhakti auflösen. Diese Erkenntnis ist nur mit der Gegenwart der unendlichen oder göttlichen Liebe in jeder Zelle unseres Körpers möglich.

Es wird angenommen, dass der Höhepunkt aller Formen von Yoga-Praktiken im Bhakti Yoga liegt. Daher sind alle Arten von Yoga ein Weg, um Bhakti zu erlangen. Man muss die anderen Arten von Yoga verstehen, um den Bhakti Yoga zu verwirklichen, und einer, der auch fortschrittlich ist, ist auf dem wahren Weg des ewigen großen Glücks. Daher wissen wir, dass alle anderen Arten von Yoga eine Weiterentwicklung zum Bhakti Yoga sind. Dies ist ein ausgezeichneter Prozess der Selbstverwirklichung, der das wichtigste Phänomen ist, das der Praktizierende erreicht, da diese Erkenntnis uns hilft, die vielen Gedanken zu unterscheiden.

Der Gedanke, der die Menschheit begrenzt, ist die Ursache allen Elends. Es ist wie Selbsthypnose; wir sind elend durch Wahnvorstellungen, die uns schwächen. Sobald wir sie überwunden haben, verschwinden alle negativen Energien und Leiden. Die Menschheit ist ein das personalisierte, differenzierte Sein und der Monismus lehren uns, die Differenzierung nicht aufzugeben; stattdessen lernen wir, ihr wahres Wesen zu verstehen. In Wirklichkeit sind wir dieses unendliche Wesen und unsere Persönlichkeit repräsentiert so viele Kanäle, durch die sich diese unendliche Realität manifestiert. Schließlich bringen wir die Evolution durch die Bemühungen des Atman, die unendliche Energie zu erreichen und zu manifestieren. Es gibt keine Begrenzung von Macht, Glückseligkeit und Weisheit auf dieser Seite des Ewigen. Die Ewige Macht, Existenz und Gnade sind bereits da; wir müssen sie nicht erwerben. Sie existieren in uns. Wir müssen unsere notwendigen Taten vollbringen und sie verwirklichen.

Wenn die Außenwelt ohne Vorurteile oder vorgefasste Meinungen gesehen wird, gibt es das Licht der verstehenden Illusionen.

—Patanjali Yoga Sutra 3.43

Um das Kapitel Yoga ist Liebe zu verstehen, ist es wichtig zu verstehen, dass mit der Liebe auch die Bhakti kommt und umgekehrt. Sie ist direkt proportional zueinander. Wenn wir uns also auf einem rechtschaffenen Weg befinden, verstehen wir die wahre Bedeutung der Liebe. Es hilft uns auch, die

Voraussetzungen für ein fruchtbares geistliches Leben zu verstehen.

Ich werde dies am Beispiel von Shiva und Devi Parvati erklären, während die erste Yogastunde unterrichtet wurde. Im Anschluss daran werden wir das wahre Wesen der Absoluten Wahrheit sehen. Dann werden wir versuchen, die Einsamkeit zu verstehen, die durch Bhakti Yoga überwunden werden kann. Denken Sie daran, der Zweck ist nicht die Ausrottung, sondern die Veränderung der Wahrnehmung - die Einsamkeit als negative oder positive Wahrnehmung wahrzunehmen, liegt auf der Menschheit. Es ist wichtig, die Macht zu verstehen, die sie besitzt.

Ich glaube fest daran, dass Einsamkeit so mächtig ist wie Schöpfung oder Zerstörung. Am Anfang war Lord Vishnu allein im Universum. Dann tauchte Lord Brahman in Form eines Lotus aus seinem Nabel auf (hier soll es die Wurzel der Schöpfung sein). Dieses Sprießen von Lotus und Brahmas Geburt wurde in alten vedischen Texten mit dem Urknall verglichen. Es wurde erwähnt, dass Brahma das Universum selbst sein kann. Daher wird er der Schöpfer genannt, da jedes Wesen aus ihm hervorgeht. Daher ist er in vielen vedischen Texten als Brahmanda (Universum) bekannt.

Wenn man einsam ist, dann ist man lebenswichtig. Indem man mit sich selbst zusammen ist, bleibt man energisch, nicht untröstlich. Die Realität ist anders und ungläubig, aber sie anzunehmen, ist unser Karma.

JITAVATI DAS

Liebevolle Natur ist immer schön und hat einen ruhigen Weg. Doch heute sind wir leider unwissend über unsere Natur geworden und versuchen, in einer Dimension anderer abiotischer Bestände zu überleben, um zahlreiche Möglichkeiten zu überwinden, unsere Perspektiven zu erweitern und unsere Fähigkeiten zu übersehen.

Die Reise von der Unwissenheit zum Bewusstsein ist eine verheißungsvolle Reise, die jeder Mensch durchführen möchte. Um die Reise zu verstehen, müssen wir Unwissenheit verstehen. Unwissenheit kann zahlreiche Definitionen haben, aber es ist wichtig zu wissen, dass wir alle identisch sind, der Atman aller Lebewesen ist gleich. Daher ist jede Seele verbunden. Das Ego ist unser Avatar; die Menschheit ist das unendliche Bewusstsein hinter der Erfahrung. Wir haben die Macht, die Illusionen der Welt zu bezeugen und gleichzeitig die Freuden der Welt zu genießen, denn die Fähigkeit dazu zu haben, ist ein Segen. Wir betrachten uns selbst in Form des Körpers; diese Illusion ist die Ursache aller Probleme.

Dies ähnelt der Allegorie der Höhle. In der Allegorie beschreibt Platon eine Gruppe von Menschen, die ihr Leben lang an eine Höhlenwand gekettet sind und einer leeren Wand gegenüberstehen. Sie beobachten die Projektion von Schatten an der Wand von Körpern, die hinter ihnen vor einem Feuer vorbeiziehen. Platon legt nahe, dass diese Schattenwolken zu ihrer Realität geworden sind, weil sie nie etwas anderes gesehen haben. Sie erkennen nicht, dass es eine andere Realität gibt und dass das, was sie für ihre Realität halten, nur Schatten sind. Diese Plato-Höhle repräsentiert die äußere physische Realität. Es stellt eine immense Unwissenheit dar, die zu der Dunkelheit führt, die sie verschlingt, weil sie die realen Objekte nicht aus den Schatten kennen, was sie weiter überzeugt zu glauben, dass die Schatten die realen Formen der Wesenheiten sind. Die Ketten, die die Gefangenen binden, stellen dar, dass sie in Unwissenheit gefangen sind. Die Schatten scheinen die oberflächliche Wahrheit oder die Illusion der Realität zu sein. Die Sonnenstrahlen, die auf die Augen des Gefangenen fallen, repräsentieren die höhere Wahrheit der Ideen. Das Licht repräsentiert weiter Weisheit, da selbst das kleine Licht, das es in die Höhle schafft, den Gefangenen erlaubt, Formen zu kennen.

Leider ist selbst die Menschheit unwissend über ihre Realität und steckt in einer Illusion fest. In diesem Moment ist es das Ziel, unser höheres Selbst zu erreichen, uns zu entwickeln und über unsere geschaffenen illusionären Grenzen hinauszugehen.

Zu akzeptieren und zu lieben,

Jitavati Das

Diese Illustration stellt die Wechselbeziehung zwischen den drei Lehren Hinduismus, Buddhismus und Jainismus dar. Die Handfläche bezieht sich auf Ahimsa im Jainismus, das Chakra ist das Dharma-Chakra im Buddhismus, Tripundra bezieht sich auf den Hinduismus, und schließlich zeigt das Yin-Yang-Symbol ein Gefühl der Einheit unter allen, da es sich auf komplementäre Kräfte bezieht, die zusammenkommen, um den Kreis des phänomenalen Lebens zu vervollständigen.

Yoga—The Verbindungsfaktor

In dieser Ära der Globalisierung und Befreiung in Bezug auf den Materialismus ist Yoga die Praxis, die die Menschheit vereint und alle Religionen vorwegnimmt. Meditative yogische Traditionen im Hinduismus, Buddhismus und Jainismus haben gemeinsame Werte, um die Menschheit vor der heutigen Krise zu schützen und zu befreien. Die Gesellschaft haftet für Pluralismus, hat das Recht, ihre Wahrnehmung des Lebens zu haben und die Grundlagen der Wahrheit zu verstehen, um die ultimative Realität zu erfahren, wodurch sie erkennt, dass es unendliche Perspektiven auf die Wahrheit gibt.

Jaina Yoga

Der Weg des Jainismus, vom Leiden abzuweichen, ist spirituelle Unwissenheit. Dieser Ansatz ist weithin als Verhalten oder Charitra als Begriff für Yoga bekannt. Es wurde großer Wert auf das allgegenwärtige Karma gelegt; der Jainismus glaubt wirklich an Karma und hat mehr Details als jede andere Tradition. Es wird angenommen, dass der Kosmos durch das karmische Subjekt personifiziert wird. Daher ist es wichtig zu verstehen, dass falsches Karma eine grundlegende

Ursache für die Wiedergeburt ist. In ähnlicher Weise wird Befreiung durch Karma erreicht; im Jainismus wird der Begriff für ein solches höheres Bewusstsein Kevala-jñana oder absolutes Wissen genannt. Das Wort kevala-jñana hat eine signifikante Ähnlichkeit mit dem von Patanjali erwähnten Ausdruck Kaivalya. Mahavira und Patanjali glaubten, dass die endgültige Verwirklichung einem körperlosen Zustand entspricht.

Der Befreite ist nicht groß oder kurz, rund oder dreieckig... nicht schwarz, blau, rot oder weiß, hat keinen Körper und ist nicht männlich, weiblich oder neutral und nimmt wahr und ist bewusst, aber ohne Vergleich - eine formlose Existenz. Daher gibt es keine Bedingung für das Unkonditionierte.

—Acharanga Sutra

Eine zentrale spirituelle Praxis des Jainismus besteht darin, den höchsten Wert des Nichtschädigens (Ahimsa) zu kultivieren. Die Jainas (oder Jains), insbesondere die Mönche, unternehmen extreme Anstrengungen, um andere Wesen, einschließlich Insekten, nicht zu verletzen oder zu töten. Sie haben das Gefühl, dass keine Aktivität eine größere karmische Belastung verursacht, als anderen zu schaden. Mahavira lehnte sowohl Fatalismus als auch das Vertrauen auf die göttliche Macht ab und betonte die Eigenständigkeit. Er behauptete, dass wir uns ständig in karmische Schwierigkeiten bringen und uns auch daraus befreien können.

Yoga und Meditation im Jainismus

Yoga und Meditation waren die grundlegende Praxis der Spiritualität im Jainismus. Es war eine grundlegende spirituelle Praxis für alle Tirthankaras. Alle vierundzwanzig Tirthankaras waren Menschen. Sie alle praktizierten mehrere Jahre lang verschiedene körperliche Yoga-Haltungen und tiefe Meditation, um perfekte Erleuchtung und Selbstverwirklichung zu erreichen.

Yoga und Meditation helfen uns, die wahre Natur unserer Seele zu erkennen. Die Jain-Religion basiert auf Bhava (interne reflexion), und unser spiritueller Fortschritt zielt darauf ab, unsere Laster oder Kashaya zu reduzieren. Meditation kann uns helfen, spirituell zu wachsen, während wir inneren Frieden, innere Ruhe, den Sinn des Lebens und Gleichmut finden.

Archäologische Beweise und das Studium der alten Schriften deuten darauf hin, dass Yoga und Meditation im alten Indien bereits 3000 v. Chr. praktiziert wurden. Darüber hinaus haben mehrere Acharyas zur Entwicklung von Yoga und Meditation im Jainismus beigetragen.

Vier Arten von Dhyana im Jainismus

Dhyāna oder Meditation ist die Reise, den Geist auf ein einziges Thema zu konzentrieren, ohne zu wandern. Wenn die Konzentration aus intensiver Leidenschaft oder negativen Emotionen wie Anhaftung, Abneigung, Hass oder Feindseligkeit entsteht, dann ist sie unrechtmäßig, nicht tugendhaft und für uns nicht würdig.

Auf der anderen Seite, wenn die Konzentration aus positiven Emotionen, der Suche nach der Wahrheit und der Loslösung von weltlichen Angelegenheiten entsteht, dann ist sie richtig, tugendhaft und würdig für uns. Diese Art der Meditation hilft beim spirituellen Wachstum und der Befreiung.

Áchärya Umäsväti klassifizierte diese in vier Arten von Meditation:

Nicht-tugendhafte Meditation

1. Ärta Dhyäna: Schmerzhafte oder schmerzhafte Meditation

- Abneigung (anishta-samyoga)
- Anhangsbezogen (Ishta-Viyoga)
- Leidensbedingt (vedanä)
- Wunschbezogen (nidäna)

2. Raudra Dhyäna: Zornige oder wütende Meditation

- Gewaltverzauberung (hinsä änand)
- Unwahrheitszauber (mrushä änand)
- Zauber stehlen (chaurya änand)
- Schutz und Erhaltung von Eigentum (parigraha änand)

Traurige und wütende Meditationen sind unheilvoll und lassen die Seele im wandernden Zustand wandern, mit dem daraus resultierenden Leiden unzähliger Geburten und Todesfälle. Traurige und zornige Überlegungen behindern die spirituelle Erhebung. Sie verdunkeln die Attribute der Seele.

Richtige oder tugendhafte Meditation

3. Dharma Dhyāna: Gerechte Meditation

- Doktrinorientiert (äjnä vichaya)
- Leidensorientiert (apäya vichaya)
- Karmisch fruchtorientiert (vipäk vichaya)
- Universumsorientiert (samsthäna vichaya)

4. Shukla Dhyāna: Spirituelle oder reine Meditation

Shukla Dhyāna ist nur für diejenigen möglich, die einen signifikant hohen spirituellen Zustand erreicht haben.

Gerechte Meditation ist verheißungsvoll, und der Jainismus vertritt die Auffassung, dass Befreiung nur durch Meditation oder shukla dhyana. Daher ist es wichtig, beide Seiten zu kennen, um sich bewusst zu sein und uns zu einer aufrichtigen Meditation zu führen.

Die Zwölf Reflexionen (Bhävanäs)

Introspektionen schaffen ein größeres Bewusstsein für die Notwendigkeit von Distanz und ständiger Hingabe an die Religion. Es hilft auch, das Leben zu verstehen und von nicht-tugendhafter zu tugendhafter Meditation zu transzendieren. Die zwölf Arten von Reflexionen sind:

• **Anitya bhävanä (Vergänglichkeit)**: Verstehen, dass alles, einschließlich des Körpers, vergänglich ist.

• **Ciaran bhävanä (Hilflosigkeit)**: Verstehen der Vorläufigkeit von Leben oder Nicht-Leben.

• **Samsär bhävanä (endlose Zyklen von Geburt und Tod):** Es ist wichtig, das Naturgesetz und die Beziehung zwischen Wiedergeburt und Karma zu verstehen.

• **Oktava bhävanä (Einsamkeit der Seele)**: Die Bedeutung der Freiheit von Anhaftungen verstehen. So bringen Sie Gleichmut des Geistes.

• **Anyatva bhävanä (dein Körper und deine Seele sind eine separate Einheit):** Den grundlegenden Unterschied zwischen Körper und Seele verstehen

• **Aiuchi bhävanä (unreiner Zustand des Körpers)**: Unreinheit verstehen und die Bedeutung von Selbstdisziplin, Entsagung und spirituellen Bemühungen erkennen.

- **Äsrava bhävanä (Zustrom von Karma):** Das Verständnis des Zustroms, der zu Elend führt, kann provoziert warden durch falschen Glauben (mithyätva) oder Leidenschaften (kashäya); daher sollten solche Ursachen der Schöpfung abgelehnt werden.

- **Samovar bhävanä (Stillstand des Karmas):** Die Bedeutung von Samvar verstehen, falsches Karma blockieren oder den Zustrom von Karma blockieren. Es wird vorgeschlagen, über Samiti, Gupti und Yati-Dharma nachzudenken.

- **Nirjarä bhävanä (Beseitigung von Karma):** Verstehen der Bedeutung der Beseitigung von falschem Karma.

- **Loka- svabhävabhävanä (sich ständig veränderndes Universum):** Das Verständnis der Natur des Alluniversums, der Seele und der Materie wird als wesentlich angesehen.

- **Bodhidurlabh bhävanä (eine seltene Chance, erleuchtet zu werden):** Verstehen der Anhaftung an die materielle Natur und die Bedeutung der Befreiung und ihres absoluten Weges, der für die Erreichung erforderlich ist.

- **Dharma bhävanä (wahre Religion ist ein ausgezeichneter Zufluchtsort):** Verständnis der Grundlagen, die von Tirthankaras gelehrt werden, wie die Prinzipien von Ahimsa, Wahrheit, Ehrlichkeit, Zölibat, Demut und Gleichmut, die die integralen Bestandteile der Lehren des Jainismus bilden.

Vier Hilfs-Bhävanäs

• **Kontemplation der Freundschaft (maitri bhävanä):** Wir müssen mit allen Lebewesen befreundet sein.

• **Kontemplation der Wertschätzung (pramod bhävanä):** Die Wertschätzung der Tugenden anderer fördert die Selbstentwicklung.

• **Kontemplation des Mitgefühls (karunä bhävanä):** Die Menschheit mit Geduld, Toleranz, Vergebung und der nötigen Unterstützung auf den richtigen Weg bringen.

• **Neutralitätsbetrachtung (mädhyastha bhävanä):** Der Praktizierende muss gleichmütig bleiben. Das bedeutet, dass wir die Unruhen in unseren Köpfen blockieren und neutral bleiben müssen.

Um gut zu leben, müsste der Praktizierende das Bhävanäs gut betrachten, üben und verstehen. Es wird angenommen, dass Befreiung durch Tapas oder Yoga kommt, die unser schlechtes Karma oder die Auseinandersetzung mit destruktiven abstrakten Phänomenen wie Zorn, Anhaftung, Ego, Lust und Gier abwaschen. Daher wurde der vierzehnfache Pfad eingeführt, der sich auf Samyag Darshana oder die rechte Ansicht konzentriert. Darüber hinaus ist es wichtig zu verstehen, dass moralische Disziplinen für die spirituelle Entwicklung von grundlegender Bedeutung sind. Daher hat der Pfad des Jaina Yoga solche Prinzipien.

Buddhistisches Yoga

Buddha war mit den vedischen Lehren vertraut. Der Buddhismus ist als Bauddha-Dharma oder Saugata-Dharma bekannt. Der Buddha, auch bekannt als der Weise, große Rishi oder Meister des Hindu- und Jaina-Yoga, wird als der Meditierende der Achtsamkeit, der Erleuchtete, dargestellt. Es ist wichtig zu verstehen, dass diese Erleuchtung den Kern des Yoga bildet, der sich weiter in viele Formen des buddhistischen, Jaina- und Hindu-Yoga verzweigt.

Der Buddhismus besteht aus zwei Teilen, dem Mahayana, das in Tibet, Japan, China und den benachbarten länder und umfasst Chan, Zen, buddhistisches Tantra, Vajrayana und Dzog Chen. Das andere ist Theravada, das im Süden Asiens, in Sri Lanka, Burma und Thailand vorherrscht. Die Sanskrit-Buddhistischen Sutras stammen aus dem Mahayana-Buddhismus und sind in Tibet gut erhalten. Es verwendet tantrische Formen wie Meditation, Gesang und das Erinnern an Gottheiten, die der yogischen Tradition ähneln. Im Gegenteil, die Theravada-Tradition weist mit Ausnahme der meditativen Praktiken deutlich weniger Ähnlichkeiten auf.

Im Mahayana-Buddhismus ist eine entscheidende Schule sogar als Yogachara (Yoga-Weg) bekannt. Die höchste Lehre des Vajrayana-Buddhismus, die sich selbst als die geheime Lehre des Buddha versteht, ist als Anuttara-Yoga oder „unübertroffenes Yoga" bekannt. Wenn es so ein höchstes Yoga im Buddhismus gibt, dann können wir auch die weniger fortgeschrittenen buddhistischen Praktiken als Yoga betrachten. Kurz gesagt, Buddhismus ist eine Form des Yoga.

Yoga und Buddhismus sind meditative Traditionen, die das ausgezeichnete Wissen vermitteln, von Karma und Wiedergeburt zu transzendieren und letztendlich die Wahrheit des Bewusstseins zu erkennen und zu verstehen. Yoga ist ein Teil aller Traditionen, einschließlich der hinduistischen Tradition, die als Sanatana-Dharma bekannt ist, und des Buddhismus, der als Buddha-Dharma bekannt ist. Beide Praktiken sind als Dharma der edlen Wahrheit oder Arya Dharma bekannt.

Dharma wird von beiden Lehren als das ultimative Gesetz oder Grundgesetz des Universums anerkannt und verstanden. Dharma lehrt Mitmenschen, das Gesetz des Karmas und die Einheit unter allen.

Buddha glaubte, dass Karma die Menschheit im Chakra von Leben und Tod hält, mit anderen Worten, im Kreislauf der Existenz oder Samsara. So wurde der achtfache Weg zur Befreiung eingeführt, der an die Veränderung der Realität glaubte, indem er die acht Schritte schrittweise während der gesamten Reise seines Seins durchführte.

Das Elend, das Leiden und die Vergänglichkeit wurden von den Größten bemerkt. Von nun an soll der Beutel des Elends, der in jeder Geburt vererbt wurde, zurückgewiesen werden, indem man dem gezeigten Weg folgt. Um es schließlich zu lindern, ist es notwendig, durch die Entwicklung eines höheren

Bewusstseins das Ego und die Anhaftung aufzulösen, um die tatsächliche Realität zu erreichen. Daher wurde der Schwerpunkt auf Erleuchtung gelegt. Diese Grundlagen wurden in beiden Traditionen gefunden.

Karma und Wiedergeburt

Beide Lehren glauben, dass Karma der Hauptursachenfaktor für die Wiedergeburt ist. Aber der Buddhismus betrachtet Karma auch aus einer anderen Perspektive. Es ist ein selbst-existierendes Prinzip, das impliziert, dass die Realität aufgrund des ungelösten anfangslosen Karmas der Menschheit existiert. Es ist wichtig zu verstehen, wie es in den hinduistischen Traditionen nicht als selbständiges Prinzip angesehen wird. Stattdessen wird angenommen, dass der Schöpfer die unendliche Kraft ist, die alles miteinander verbindet, und Karma ist somit eine bloße Trägheitskraft. Bindung ist in diesem Zusammenhang praktisch, da sie die Tasche des Elends erklärt, die wir aus unendlichen menschlichen Leben tragen.

Darüber hinaus wird angenommen, dass das Wissen über Karma vom Ewigen vermittelt wird. Dies geschieht, um den Zyklus aufrechtzuerhalten von Leben und Tod in Ordnung, ähnlich dem Gericht. Allerdings betonen einige vedische Traditionen das Karma mehr als Ishvara. Dies kann als die Theorie des ewigen Findens unter den Menschen interpretiert werden. Daher ist es das unglaublichste Karma, der Menschheit aus dem Elend zu helfen.

In hinduistischen Traditionen wurde die Existenz der individuellen Seele oder Jiva anerkannt. Im Gegensatz dazu lehnt der Buddhismus sie ab, da er glaubt, dass eine Seele eine bloße Quelle des Fortbestehens eines Stroms von Karma ist und kein Wesen.

Das Absolute

Es ist definiert als Brahman, Sein-Bewusstsein-Glückseligkeit oder als ein metaphysisches Prinzip, dessen ultimative Realität Befreiung ist. Im Buddhismus wurde die Existenz des Absoluten abgelehnt. Nichtdual, der den Kreislauf von Geburt und Tod transzendiert. Wir müssen jedoch beachten, dass der Buddhismus die Idee nicht vollständig ablehnt und sie als leer oder Shunyata betrachtet. Dies wird auch als Dharmakaya bezeichnet.

Nirwana

Es wird angenommen, dass Nirvana in beiden Traditionen das primäre Ziel der Praxis ist. Nirwana wurde jedoch in der buddhistischen Tradition keine positiven Bezeichnungen gegeben und stattdessen nur negativ als Beendigung beschrieben. Auf der anderen Seite wurde Nirwana in hinduistischen Traditionen positiv als die Verwirklichung des Paramatman, eines unendlichen oder ewigen Selbst, beschrieben. Es wird gesagt, dass es die Verschmelzung mit Brahman oder Sacchidananda ist. Dies ist bekannt als Brahma Nirvana. Es wird auch als Moksha oder Befreiung des Atman wahrgenommen. Am wichtigsten ist, dass sich beide Traditionen auf diese Wahrheit des Nirwana und seine Kompetenz, alle anderen zu transzendieren, einigen.

Selbst

Im Hinduismus wurden Atman oder das Selbst und Ahamkara oder Ego unterschieden. Atman wird als das wahre Selbst angesehen, und Ego ist die falsche Identifizierung unserer wahren Natur. Dies liegt an den miserablen Komplexen des menschlichen Geistes. Daher ist der Atman im Hinduismus nicht die unbewusste Natur des menschlichen Geistes oder Egos; stattdessen ist es die Verwirklichung des erleuchteten Bewusstseins.

Der Buddhismus wird mit dem Verstand definiert und bezieht sich auf die ultimative Wahrheit der Natur. Im Yoga wird das Manas oder der Geist als ein Instrument des Bewusstseins, das Selbst, betrachtet. Es spricht vom "Einen Selbst" und den vielen Köpfen, die seine Vehikel sind. Der Geist ist kein ultimatives Prinzip, sondern etwas Geschaffenes.

Wenn man die Begriffe Geist und Selbst in den beiden Traditionen untersucht, stellt man fest, dass das, was Yoga als Anhaftung an Geist und Ego kritisiert, der buddhistischen Kritik an der Anhaftung an das Selbst ähnlich ist. Im Gegensatz dazu ist das, was Yoga das Höchste Selbst oder Purusha nennt, identisch mit der buddhistischen Vorstellung von der ursprünglichen Natur des Geistes oder des Einen Geistes. Der erleuchtete buddhistische Geist, der im Herzen (Bodhicitta) wohnt, ähnelt dem Höchsten Selbst (Paramatman), das ebenfalls im Herzen wohnt.

Hingabe

Die Yoga-Tradition basiert auf der Anerkennung, dem Respekt und der Hingabe an Gott oder den Schöpfer, Bewahrer und Auflöser des Universums. Es glaubt an die Hingabe an das ewige oder Ishvara Pranidhana als den primären Weg der Selbstverwirklichung. Der Theismus ist ein wesentlicher Bestandteil der Yoga-Vedanta-Lehren und der wichtigste Unterschied zwischen Yoga und Buddhismus. Der Buddhismus erkennt Gott (Ishvara) oder den Schöpfer nicht als Götzen an. Dennoch betonen Buddhisten Hingabe und haben eine starke Hingabe an den Buddha und die anderen großen Bodhisattvas.

Tibetische Buddhisten verehren eine Gottheit. Im Grunde glaubt es jedoch nur an Karma, und wie der Dalai Lama sagte: "In der Allwissenheit ist Buddha Gott relativ ähnlich, aber nicht der Schöpfer des Universums." Der vermeintliche Hauptunterschied zwischen den beiden Traditionen liegt auf einem philosophischen Horizont. Zum Beispiel glaubt die hinduistische Tradition fest an grundlegende

Prinzipien wie Atman, Paramatman und Ishvara. Während der Buddhismus ontologische Prinzipien ablehnt. Daher ist der Buddhismus phänomenologisch, während der Hinduismus ontologisch ist. Abgesehen von diesem Unterschied teilen beide jedoch ähnliche grundlegende ethische Werte wie Ahimsa, Satya, Asteya, Brahmacharya und Aparigraha. Darüber hinaus sind die Gelübde der buddhistischen Mönche, Sadhus und Jain-Mönche ähnlich.

Die allgemeine Perspektive der Menschheit betont stark die Unterschiede zwischen Hinduismus, Buddhismus und Jainismus, aber ich schlage etwas anderes vor. Diese Lehren haben tief verwurzelte yogische Traditionen und sollten als yogische Kulturen betrachtet werden. Die Unterschiede, für die sie traditionell unterschieden werden, sind kurzsichtig.

Yoga sollte von der Menschheit praktiziert werden, unabhängig von Religion oder Kaste, Asketen, Brahmanen, Buddhisten, Jainisten, Tantern und sogar Materialisten.

—Das Dattatreyayogasastra (13 n. Chr.)

JITAVATI DAS

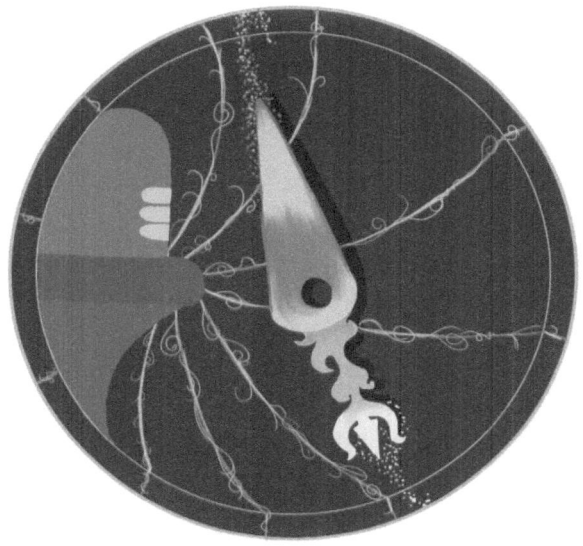

Die Abbildung zeigt Lord Shiva, wo der Kompass die Führung ist und die Trishul und Shivling das Unendliche Bewusstsein repräsentieren. Die sieben Linien im Hintergrund bedeuten die Chakren, die, wenn sie aktiviert werden, den Praktizierenden zu einem höheren Bewusstsein transzendieren, jedoch ohne direkte Markierungen wie Norden, Süden, Osten und Westen. Dies zeigt die Reise zum Paramatman, die variabel ist und wirklich eine einzigartige Erfahrung für jeden Praktizierenden ist.

Yogeshwara

Shiva bedeutet aufgelöst, das heißt das grenzenlose Sarveshwara.

Yogeshwara leitet sich von Yoga und Ishwara ab, was „Herr des Yoga" bedeutet. Dieser Satz wird für Lord Shiva verwendet. Lord Shiva ist auch als Mahadev bekannt. Er ist eine der Hauptgottheiten des Hinduismus; Shiva ist bekannt als "der Zerstörer" innerhalb der Trimurti, einschließlich Brahma und Vishnu.

Lord Shiva ist die Urseele, das reine Bewusstsein und die absolute Realität in den Shaiva-Traditionen. Shiva hat zahlreiche Formen und Qualitäten. Einige sind liebevoll und fürsorglich; wenige sind wild und wild, während andere rätselhaft sind. Er ist alles in einem, vom furchterregenden Kalabhairava über das schöne Somasundara und das naive Bholenath bis hin zur schrecklichen Aghora. Er ist der höchste Guru des Wissens - Dakshinamurthy, die Form von Shiva, der Wissen vermittelt. Er wurde auch als allwissender Yogi dargestellt, der ein asketisches Leben auf dem Berg Kailash führt und in einer Familie lebt. Lord Shiva ist jenseits aller Möglichkeiten. Er umarmt jede seiner Formen wunderschön.

Der Höchste Guru

shemushhii dakshiNaa proktaa saa yasyaabhiikshaNe mukham.h | dakshiNaabhimukhaH proktaH shivo.asau brahmavaadibhiH |

—Dakshinamurthy Upanishad 19

Hier bedeutet dakshina buddhi, vielleicht das Auge, durch das Lord Shiva bezeugt werden kann. Genauer gesagt ist der reine erleuchtete Intellekt einer menschlichen Seele erforderlich, um göttliche Macht wahrzunehmen. Derjenige, der der Höchste Guru ist, der Kenner allen Wissens, wendet sich nach Süden, daher der Name Dakshinamurthy (dakshin bedeutet Süden).

Formen von Dakshinamurti

Dakshinamurthy hat vier Formen:

- **Yoga Dakshināmūrti**, der Guru des Yoga
- **Vīnādhara Dakshināmūrti**, der Guru der Musik und Kunst
- **Jnāna Dakshināmūrti**, der Erleuchtung vermittelt
- **Vyākhyāna Dakshināmūrti**, der Guru anderer Shastras

Unter all diesen Formen kann Dakshinamurthy, die Skulptur des Gurus, der Wissen vermittelt, in mehreren indischen Künsten und Tempelarchitekturen beobachtet werden. Von dem, was ich glücklicherweise gesehen habe, ist das Mahakaleshwar Jyotirlinga in Ujjain eine der heiligsten Wohnstätten von Lord Shiva unter den zwölf Jyotirlingams mit seinen einzigartiges Merkmal der Südlage. Dies ist die Form von Lord Shiva, bekannt als Dakshinamurti. Hier befindet sich das natürliche, wache Idol von Dakshinamurti in einem kleinen, silbernen Mantapa neben dem Linga, der sich unterhalb des Bodenniveaus des Garbhagriha befindet (Garbha bedeutet Gebärmutter und Griha bedeutet Heimat), dem innersten Heiligtum, in dem sich die Hauptgottheit im Haupttempel befindet.

Vak

Wir können hier verstehen, dass der Ahata Shabdam der Klang ist, der gehört wird - der begrenzte Klang des sichtbaren Universums, der von den ahnungslosen physischen Ohren wahrgenommen wird. Während anahata shabdam der ungehörte Klang ist, das Unendliche, was weiter das Unendliche anzeigt.

Die Sprache ist in vier Abteilungen gemessen worden; die Brahmanen, die Verständnis haben, kennen sie. Drei in enger Verborgenheit gehaltene verursachen keine Bewegung; der Rede wegen sprechen die Menschen nur die vierte Abteilung.

—Rig Veda 1:164:45

Der Rig Veda spricht von vier Arten von Sprache (VAK), von denen drei Viertel für den Menschen noch unerreichbar sind. Daher können nur die erleuchteten Sucher nach spiritueller Weisheit, die Yogis, die Buddhi erlangt haben, die anderen drei Reden erwerben.

Sri Dakshinamurthy ist die Form von Shiva, der grenzenloses Wissen hat, einer, der der Höchste Guru ist, der Adi Guru. Er, der die wahre Essenz der yogischen Überlieferung ist und Wissensguru, ist in sich selbst eingetaucht, das Ewige, das Zeitlose. Er stellt seine Lehren durch para vak dar, was sich auf den unendlichen Klang bezieht, den bewegungslosen; einen, der für erleuchtete Suchende geschaffen wurde. Jenseits des Verständnisses eines unbewussten physischen Ohrs ist es der Klang, der von den Chakren wahrgenommen wird. Also führen die Suchenden den Prozess durch, verweilen in Stille und verdienen sich dennoch die außergewöhnlichste Kenntnis, die die Menschheit jemals erhalten hat. Es ist die Antwort auf jede Frage, jeden Zweifel und jede Unsicherheit. Alles Unmögliche wird durch Lord Shivas Yoga-Vorschlag ermöglicht, der uns eine völlig andere Vision des Lebens und der spirituellen Welt zeigt. Es ist der Weg in die metaphysische Realität. Es bedeutet, sich selbst von innen zu kennen, anzuerkennen und zu umarmen.

In der Stille unterrichten

chitram vattataroor mule, vriddha shishya gururur yuva gurosthu maunam vyakhyanam, shishyasthu chinna samshayah

—Dakshinamurthy Dhyana Stotram

Vor mehreren tausend Jahren nahm Lord Shiva eine Form an und kam auf die Erde, um eine neue Perspektive auf das Leben zu vermitteln. Eine Dimension, die jenseits des Physischen lag. Etwas, das in seiner eigenen Form darüber hinausging. Die Lehre würde der Menschheit helfen, Erleuchtung und Befreiung zu erlangen. Es wird gesagt, dass Shiva den ersten Satz des Kosmischen Yoga erklärt hat, der zu dem vedischen Parampara gehört, das der Göttin Parvati beigebracht wurde. In den alten Phallussiegeln können wir Idole der Muttergöttin beobachten, die auf Tantra Yoga hindeuten.

Adi Yogi erklärte den Sapta Rishis oder den ersten sieben Weisen den zweiten Satz der yogischen Lehre. Bevor die sieben Weisen spirituelle Erziehung von Adi Yogi lernten, mussten sie viele Jahre lang Sadhana durchlaufen.

Am Dakshinayana (als die Sommersonnenwende zur Wintersonnenwende wurde) wurden sie zu leuchtenden Gefäßen ewigen Wissens. Lord Shiva wandte sich dann nach Süden und vergoss seine Gnade auf die Menschheit, und die Lehre begann bald.

yasyaiva sphuranam sadatmakam, asath kalparthakam
bhaasathe saakshaat tat tvam asi it veda vachasa, yo bodhyathi
aashrithaan yath sakshaathkaranaad bhaveth, na punah
aavrutti bhaavam bho nidhau tasmai sri guru murthaye nama
idam sri dakshinamurthaye

—Dakshinamurthy Stotram 3

yasya – wessen, **aiva** – in der Tat, sphuranam – Licht/Pulsation (bezieht sich auf die Fähigkeit der Schöpfung), **sath** – wahr, aatmakam – real, **kalparthaka** – als ob, **bhaasathe**

–erscheint; **sakshat** – direkt, sofort, **tat tvam asi**

–dass du bist, **veda vachasa** – durch die Lehren des veda, **yo** – derjenige, der, bodhyathi – der Lehrer, der dich entdecken lässt, **aashrithaan** – der Zuflucht suchte; yath – wenn, **sakshatkaran** – sofortige Anerkennung, **bhaveth** – annehmen, **punah** – wieder, **aavritti** – Rückkehr (Wiedergeburt), **bhav** – weltliches Leben, **ambhas** – Wasser, **nidhi** – weit

Wenn wir das Wort Yoga verwenden, beziehe ich mich auf die genaue Wissenschaft der Schöpfung und wie man den Menschen zu seiner ultimativen Möglichkeit bringt. Wir freuen uns auf beherrschung der grundlegenden Prozesse des Lebens (Erschaffung und Auflösung). Yoga ist eine Wissenschaft. Eine Wissenschaft, die einem hilft, die Funktionsweise der menschlichen Schöpfung zu verstehen. Nach Jahren, nach Abschluss der Sadhana, entstanden sieben erleuchtete Wesen, die als Sapta Rishis bekannt sind.

*nana chiddhra ghatodhara sthitha mahadeepa prabha
bhaswaram gnanam yasya tu chakshuraadi karana dwara
bahi spandate jnana it tameva bhantham, anubhaath yetath
samastham jagath tasmai sri guru murthaye nama idam sri
dakshinamurthaye*

—Dakshinamurthy Stotram 4

nana – viele, chidra – löcher, durchbohrt, **ghat** – topf, udar – bauch, stith – platziert, mahadeep – große lampe (bezieht sich auf bewusstsein), prabha – licht, bhaswaram – leuchtend ; jnan – bewusstsein, yasya – für wen, chakshur – augen, aadi – etc., karana – sinnesorgane, **dwara** – verwenden, bahi – draußen, spandate – pochen, ströme aus; janame – ich weiß, **iti** – also, **tam** – das, evam – allein, bhrantha – leuchtet, anubhuti – leuchtet nach, reflektiert, **etat** – diese, samastha – ganze, **jagath** – welt.

Shiva hatte jedem dieser sieben Menschen verschiedene Aspekte des Yoga gegeben, und diese Aspekte wurden zu den sieben Hauptformen des Yoga. Rund um die Welt wurden die Sapta Rishis geschickt; bald wurden sie die Glieder von Shiva. Sie predigten den Prozess, durch den sich der Mensch über seine Grenzen hinaus entwickeln kann. Im Indus Saraswati-Tal wurden mehrere fossile Überreste gefunden, was auf den vollsten Ausdruck des Yoga im alten Indien hindeutet.

Die Bedeutung von Adi Guru ist, dass er eine neue Perspektive auf das Universum und die menschliche

Rasse brachte. Aber vor allem zeigte er uns eine andere Art zu leben. Er erlaubte der menschlichen Rasse, über ihre Grenzen hinauszugehen. Er hat heute das Unmögliche möglich gemacht. Er zeigte uns einen Weg, in der Körperlichkeit enthalten zu sein, aber nicht dazu zu gehören. Er gab uns einen Weg, im Körper zu sein, aber niemals der Körper zu werden, einen Weg, unseren Geist auf die höchstmögliche Weise zu nutzen, aber dennoch niemals durch das Elend des Geistes zu gehen.

deham praanamapi indriyanyapi chalaam, buddhim cha shunyam vidhuhu sri balaandha jado upama sthvam it, bhrantha bhrunhsa vadinaha maya shakthi vilasa kalpitha maha, vyamoha samhaarine tasmai sri guru murthaye nama idam sri dakshinamurthaye

—Dakshinamurthy Stotram 5

deham – Körper, **Prana** – **Lebenskraft**, Energie, **api** – auch, indriyani – Sinne, chalan – aktiv, **buddhi** – Intellekt (Geist), **cha** – auch, **shunya** – Nichtexistenz, **vidhuh** – sie wissen; **stree** – Frau, **bala** – Kinder, **andha** – blind, **jad**

- langweilig, **upama** – ähnlich, **bhrantha** – verblendet, **bhrunsha**

- die ganze Zeit, **vadinaha** – jeder, der eine Meinung hat; **maya** – Ignoranz, **shakti** – Macht/Kapazität, vilasa – Spiel, kalpitha – projiziert, *maha* – großartig, ***vyamoh*** – komplette Täuschung, ***samhaarine*** – entfernt.

Auf dem Weg des Yoga zu sein bedeutet, dass man sich in einer Lebensphase befindet, die einen anspornt und das Bedürfnis verspürt, darüber hinauszugehen. Yoga an sich weist darauf hin, über die Grenzen der physischen Schöpfung hinauszugehen. Wenn man diesem Weg folgt, geht man über die Körperlichkeit hinaus und berührt einen dimension, die nicht physisch ist. Man spürt das Bedürfnis, die Grenze in die ewige Natur der Existenz zu zerstreuen. Die spirituelle Welt, die die meisten von uns nicht bezeugen können, verbindet uns mit einem unbegrenzten, enormen Bewusstsein ohne Kanten, ohne Grenzen und Grenzen für das, was sie erschaffen kann.

vishwam pashyati kaarya karana thaya, swaswami sambandataha sishyaacharya-thaya tathaiva, pithruputhra aadiaatmana bhedataha swapne jagrathi va ya yesha purushaha, maya paribhramitaha tasmai sri guru murthaye nama idam sri dakshinamurthaye

—Dakshinamurthy Stotram 8

vishwam – Welt, ***Pashayti*** – sehen, ***Karya*** – Effekt, ***Karan***

– cause, ***sva-*** own, ***swami*** – master, ***sambandataha***

– verbindung; **shishya** – Schüler, **acharya** – Lehrer , tathaiva – und auch pitru – Vater, **putra** – Sohn, aadi – etc., aatmana – wie man selbst, **bhadeth** – anders; **swapne**

– träumend, **jagrithi** – wach, **esh purusha** – diese Person,

maya – kreative Kapazität, **Paribhramithah** – alles projiziert.

Yoga ist allen Religionen vorausgegangen. Es ist eine wesentliche Komponente, die dazu beitragen würde, das menschliche Bewusstsein zu heben. Es kommt aus der inneren Erkenntnis. Niemand sonst im Universum kann einen dazu bringen, diesem Weg zu folgen. Es ist der verheißungsvolle Weg, die Göttlichkeit in sich selbst zu finden.

om namah pranavarthaya, shuddha jnanaika murthaye nirmalaaya prashanthaaya, dakshinamurthaye namaha

om – ishvara (Gott), namah – Anrede, **pranava** – Name für ॐ, **artha** – Bedeutung, **shuddha** – rein, jnan – Wissen, **ek** – eins (nur) , murthaye – zur Form, **nirmal** – unbefleckt, **prashant** – absolut friedlich

Diese Illustration zeigt die Gelassenheit des Lebens. In dieser Abbildung finden wir Mahayogi Shri Shri Baba Lokenath Brahmachari in seiner meditativen Pose (Gomukhasana). Dies fasst seine Reise zusammen, Erleuchtung zu erlangen und auch die materielle Welt hinter sich zu lassen, als er sogar den physischen Körper in einer meditativen Pose verließ.

Rishihood

Im spirituellen Leben eines jeden Menschen gibt es sowohl einen Fall als auch einen Aufstieg. Zuerst geht alles unter und scheint in Stücke zu gehen. Dann gewinnt es wie eine Flutwelle an Kraft und auf dem obersten Kamm des Schlosses befindet sich eine leuchtende Seele, der Bote. Schöpfer und abwechselnd geschaffen, ist Er der Antrieb, der die Welle steigen lässt und die Menschheit steigt. Genau in diesem Moment wird Er von den gleichen Kräften geschaffen, die die Wellenbewegung bewirken und abwechselnd interagieren. Er legt dann Seine enorme Macht auf die Menschheit, und dann erkennt die Menschheit Ihn so, wie Er ist. Sie sind die großen Weltdenker. Sie sind die Propheten der Welt, die Boten des Lebens, die geistigen Entdecker und die Menschwerdungen Gottes.

Die Rishis sind die spirituellen Entdecker. In den Upanishaden werden sie als das Mantra drashta definiert, das heißt, ein Seher des Denkens. Für diese Seher war Religion nicht nur Buchlernen, sondern eine tatsächliche Verwirklichung. Es ist die Verschmelzung von Wahrheiten, die die Sinne transzendieren. Das ist Rishihood. Wir können die Realitäten der Spiritualität nur sehen, wenn wir in einem überbewussten Zustand des menschlichen Geistes anwesend sind. Der Rishi-Zustand ist jenseits von Zeit oder Ort und Rasse oder

Geschlecht. Vatsyayana sagte, dass die Wahrheit verwirklicht werden muss. Um Weltbeweger zu werden, müssen wir verstehen, dass wir an uns selbst glauben und mit der Religion verschmelzen, sie erleben und so unsere Zweifel daran lösen müssen. Dadurch wird das herrliche Licht der dann wird jedes Wort, das von einem geschrieben wird, diese unendliche Sanktion der Sicherheit dahinter tragen.

Einer der größten Yogis aller Zeiten - Mahayogi Shri Shri Baba Lokenath Brahmachari - ist die göttliche Synthese aus Hatha Yoga, Raja Yoga, Karma Yoga, Jnana Yoga und Bhakti Yoga. Das ist das Wissen, die alte Praxis, die von Adi Yogi bekannt gemacht wurde.

Wann immer du in Gefahr bist - ob mitten auf dem Meer oder mitten auf dem Schlachtfeld oder im tiefsten Dschungel - erinnere dich an mich, und ich werde dich in Sicherheit bringen.

—Mahayogi Shri Shri Baba Lokenath Brahmachari

Im Monat Bhadra, 1730 an einem Dienstag, wurde Sri Lokenath Brahmachari im ungeteilten Bengalen in einem kleinen Dorf namens Kachua (jetzt in Westbengalen, Indien) geboren. 1741 verließen der große Yogi Shri Lokenath Baba und sein Freund Benimadhab ihr Zuhause mit ihrem Guru Shri Bhagaban Ganguly. Nachdem sie ihre Familie zurückgelassen und bald Sanyas genommen hatten, kamen sie nach Kalighat (in Kalkutta), einem dichten Wald am Ufer des Flusses Ganga, und begannen

Sadhana unter der spirituellen Führung ihres Gurus Shri Bhagaban Ganguly.

Der Prozess war äußerst streng. Sie verbrachten vierzig Jahre in diesem Dschungel und praktizierten fünf Prinzipien der Ethik (Yama), fünf Prinzipien des Verhaltens und der Disziplin (Niyama), die körperliche Praxis von Yoga (Asana), Atemregulierung (Pranayama), sensorischen Rückzug (Pratyahara), Konzentration (Dharana), Meditation (Dhyana) und schließlich Brahmanusthan (eine alte göttliche Leistung, dazu gehörten acht Fastenverfahren, naktabrata (eintägiges Fasten), ekantara (zwei Tage Fasten), triratri (drei Tage Fasten), panchaha (fünf Tage Fasten), navaratri (neun Tage Fasten), dwadasaha (zwölf Tage Fasten), pakshaha (fünfzehn Tage Fasten), mashaha (einmonatiges Fasten) und samadhi (Selbstverwirklichung). Als die Jünger lange Zeit absolut still in derselben Asana saßen, erlangten sie die Kontrolle über das yogische Atmen, die fünf Sinne und die sechs Feinde - kama (Verlangen), krodha (Wut), lobha (Gier), mada (Arroganz), moha (Verliebtheit) und matsarya (Eifersucht). Als ihr Geist in einer bestimmten Dimension kontrolliert und selbstbewusst und konzentriert wurde, beschäftigten sie sich mit Brahmanusthan. Gurujis zwei Schüler folgten dem vedantischen Sadhana, das ein wichtiger Teil ihrer Yoga-Praxis war. Im Alter von 51 Jahren absolvierten die beiden Yogis ihr Hatha-Yoga-Sadhana im tiefen Dschungel bei Kolkata. Am Ende ihres Lernens sagte Guruji Bhagaban Ganguly ihnen, sie sollten eine Aufgabe erfüllen, bei der sie Essen für ihn kochen mussten, indem sie das Feuer auf ihre Oberschenkel legten, bei dem sie erfolgreich waren, und daher bewies es, dass Feuer den Körper eines erfolgreichen Hatha-Yogis nicht verbrennen konnte.

Aus dem Erreichen dieser perfektionierten Haltung entsteht unangreifbare, ungehinderte Freiheit vom Leiden aufgrund der Paare von Gegensätzen (wie Hitze und Kälte, Gut und Böse oder Schmerz und Vergnügen).

—Patanjali Yoga Sutra (2,48)

Bald machten sie sich auf den Weg zum großen heiligen Himalaya, einer Wohnstätte für spirituell Suchende. Dieser Ort ist berühmt für Yogis, da viele von ihnen Siddhi erreicht haben (Erfolg) am Ende ihres Yoga-Sadhana dort. Sie gingen um die Berge, überquerten das Grün und erreichten die kalten, mit Eis bedeckten Berge. Es war ein karger Ort ohne Pflanzen; der Ort war nicht für das menschliche Überleben geeignet. Bald erkannten Shri Lokenath und Benimadhab die Bedeutung ihrer langen Hatha-Yoga-Praxis. In größerer Höhe entdeckten sie bald eine Höhle. Guruji Bhagaban Ganguly befahl seinen Schülern, einen Ashram mit Steinen und Sträuchern für ihre Sadhana zu bauen. Die beiden Jünger befolgten seinen Befehl und machten die Unterkunft für sie geeignet. Später erzählte ihnen Guruji Bhagaban Ganguly, dass sie erfolgreich Hatha-Yogis wurden und bereit waren, mit Raja Yoga, Dharna oder onzentration und Dhyana oder Meditation zu beginnen. Ihnen blieb nur das achte Glied des Ashtanga-Yoga. Am Ende gibt es Samadhi oder Superbewusstsein.

Wenn der Meditierende, der Beobachter, vom Objekt allein absorbiert wird, ohne andere Gedanken oder Verzerrungen, wird dies Samadhi genannt.

—Patanjali Yoga Sutra (3.3)

Wenn das Selbstbewusstsein verloren geht, ist es ein Zustand der Glückseligkeit. Dann löst sich das individuelle Bewusstsein in universelles Bewusstsein auf. Es ist eine schöne Vereinigung zwischen Jivaatman (individuelle Seele) und Paramatman (universelle Seele), die die Leela (die Koalition) von Shiva und Shakti im Sahasrara-Chakra darstellt. Die Verwirklichung des Brahman (reines Bewusstsein) oder die Verwirklichung Gottes ist die ultimative Errungenschaft der menschlichen Geburt. Selbstverwirklichung ist die ultimative Stufe des Ashtanga Yoga.

Die Hingabe an das Höchste Wesen führt zur Erlangung des tiefsten meditativen Zustands, Samadhi.

—Patanjali Yoga Sutra (2,45)

Indem man sein Schicksal (Ishvara-pranidhana) akzeptiert, erlangt man Selbsterkenntnis (Samadhi) und übernatürliche Kraft (Siddhi). Wenn man sich ewig ganz dem Paramatman widmet, nimmt man eine meditative Haltung ein und erlangt dadurch Samadhi.

Baba Lokenath lebte die nächsten fünfzig Jahre seines Lebens in Samadhi in Gomukhasana. Er erreichte die höchste Bewusstseinsebene, die ein menschlicher Körper erreichen kann. Samadhi ist die höchste Praxis des Yoga-Sadhana. Das Üben half Shri Lokenath Brahmachari, Brahma in seiner Seele zu bezeugen und so Gottes Wissen zu erlangen. Während dieses Zustands taucht die individuelle Seele in den endlosen, herrlichen Ozean ein. So erlangte Baba Lokenath seine Erleuchtung, die der Zustand des Eins-Seins mit dem Universum und seinem Schöpfer ist.

Wer selbstbeherrscht und losgelöst ist und jeglichen materiellen Genuss missachtet, kann durch die Praxis des Verzichts die höchste vollkommene Stufe der Freiheit von der Reaktion erlangen.

—Bhagavad Gita 18,49

Gemäß der Bhagavad Gita erlangte Mahayogi Shri Shri Baba Loknath Brahmachari das Krishna-Bewusstsein, was bedeutet, dass Er ein Sannyasi war, einer, der in der aufgegebenen Lebensordnung ist. Einer, der zufrieden war, weil er tatsächlich für den Höchsten handelte. Somit war er nicht mit allem Materiellen verbunden sind. Daher gewöhnt er sich daran, sich an nichts zu erfreuen, was über das transzendentale Glück hinausgeht, das sich aus dem Dienst am Herrn ergibt. Dieser Geisteszustand wird yogārūd.ha oder die vollkommene Stufe des Yoga genannt.

Als Baba Lokenath von Samadhi zurückkam, sagte ihm sein Guruji, dass selbstloses Karma oder Handeln der beste Weg ist, um Erlösung oder Nirwana für den Menschen zu erreichen.

Baba Lokenath reiste zusammen mit seinem Guruji und Freund zu Fuß nach Südasien und Südostasien und besuchte viele heilige Schreine des Buddhismus, Jainismus, Sikhismus, Islam und Christentum. Zwischen 1835 – 1840 reisten sie auch zu Fuß nach Mekka und Medina, Afghanistan, Iran, Israel, Palästina und in andere Regionen des Nahen Ostens und Westasiens. Guruji wollte, dass er den Heiligen Koran unter einem Lehrer in Kabul, einer der vierunddreißig Provinzen Afghanistans, studierte. Dort lernte Baba Lokenath auch die arabische Sprache. Bald verließen sie Kabul und gingen zu Fuß nach Mekka und Medina. Auf dem Weg nach Medina stießen sie auf einen vierhundert Jahre alten großen Asketen, Abdul Gaffur, der in der Wüste lebte. Von Mekka kamen sie nach Kashi Dham (Varanasi) in Indien, einer der heiligsten Pilgerstätten am Ufer des Flusses Ganga. Sie trafen einen großartigen Yogi Shri Trailanga Swami auf ihrem Weg nach Varanasi. Indem er verschiedene Glaubensrichtungen studierte und respektierte, bewies er, dass Spiritualität jenseits von Religion und Ritualen liegt.

In seinen eigenen Worten: *"Ich bin ausgiebig um die ganze Welt gereist und konnte nur zwei echte Brahmanen neben mir finden - einer ist Abdul Gaffur und der andere ist Trailangya Swami (1601 – 1881)."*

Als Guruji Bhagaban Ganguly seinen Körper in einer meditativen Haltung im Manikarnika Ghat verließ, enthüllte Baba Lokenath, wie glücklich er war, einen Guruji wie Guru Bhagaban Ganguly zu haben, der die sichtbare göttliche Inkarnation von Maheshwara war.

gururbrahmaa gururvishnu gururdevo maheshwarah;

guruh saakshaat param brahma tasmai shree gurave namah.

Guru ist der Schöpfer Brahma; Guru ist der Erhalter Vishnu; Guru ist der Zerstörer Maheshwara; Guru ist das Höchste Absolute, die sichtbare göttliche Inkarnation.

Baba Lokenath ging zusammen mit Benimadhav und Sri Trailanga Swamiji zu Fuß um die Welt. Er lernte viele verschiedene Sprachen. Schließlich ließ er sich später in seinem Ashram im Dorf Baradi nieder. Tausende von Gottgeweihten aus der ganzen Welt kamen zu ihm, um alle Krankheiten und Probleme in ihrem Leben loszuwerden. Aufgrund seiner göttlichen Gnade und seiner endlosen Güte kam er aus den unzugänglichen Himalaya-Regionen zu uns hinunter, um uns von allerlei Elend und bedrückenden Situationen zu befreien.

Er erklärte den Tag seiner Abreise aus dem physischen Körper acht Tage vor seinem Samadhi. Er rief alle seine Schüler am 2. Juni 1890 in seinen Ashram (Unishe Jaistha) und sagte ihnen, dass er seinen Körper um 11:40 Uhr verlassen würde, und so hatte er seinen physischen Körper verlassen, während er im Gomukhasana saß. Er wurde ewig.

Die von Baba Lokenath gelehrten spirituellen Ideologien leiten jetzt Millionen von Seelen in dieser Menschheit. Er zeigte uns den Weg der Befreiung, Liebe, Hoffnung und kommunikation jenseits der Vorstellungskraft der Menschheit. Er schenkte der Gesellschaft unendliche Liebe und Fürsorge. Er ist verzeihend, einer, der auf den minimalen Ruf seiner Geweihten reagiert. Er hat ein Herz voller Liebe und Freundlichkeit. Er ist der Gott der Bhakti.

„*Ich bin ewig. Ich bin unsterblich.*"

—Mahayogi Shri Shri Baba Lokenath
Brahmachari

Er ist mein
Guru Er ist
meine Stärke Er ist mein
Freund Er ist
mein Retter
Er ist mein größtes Wissen
Er ist der größte Yogi mit endloser
 Freundlichkeit. Er ist mein Leben.

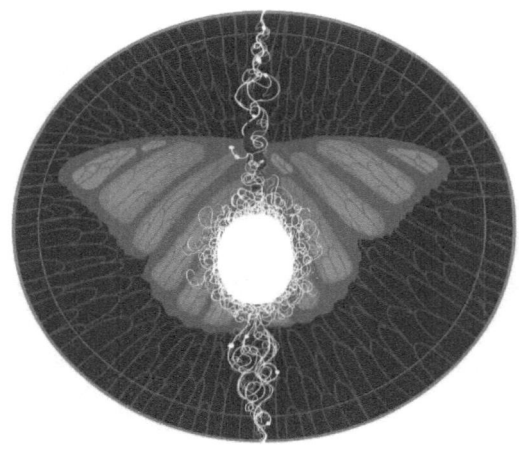

Die obige Abbildung ist von einem Kokon, der Geduld und meditative Natur symbolisiert. Es ist wichtig zu verstehen, dass das tägliche Karma des Wurms zu einem silbernen Kokon führte, der über die materiellen, irdischen, abstrakten Emotionen des Geistes hinausgeht und ihm hilft, zu gedeihen und zu wachsen und schließlich das ultimative Stadium des Schmetterlings zu erreichen. Dies bedeutet die Reise eines Praktizierenden, für den die letzte Stufe die unendliche Verwirklichung ist, die durch Meditation und Karma erreicht werden kann.

Yoga: Die Alte Praxis

*E**in Yogi ist größer als der Asket, größer als der Empiriker und größer als der Arbeiter. Deshalb, o Arjuna, ist unter allen Umständen ein Yogi.*

- Bhagavad Gita 6,46

Wenn wir über Yoga sprechen, beziehen wir uns auf die Verschmelzung unseres Bewusstseins mit der Höchsten Absoluten Wahrheit. Diese Reise wird je nach Praktiker und Methode unterschiedlich benannt. Karma-Yoga ist, wenn der Verknüpfungsprozess überwiegend in fruchtbringenden Aktivitäten stattfindet. Jnana Yoga ist in erster Linie empirisch. Bhakti Yoga, die ultimative Perfektion aller Yogas, ist, wenn es in einer hingebungsvollen Beziehung ist.

Yoga bedeutet Vereinigung, Vereinigung mit dem Gott in sich selbst. Es ist eine Phase, die nach der Beherrschung von Charya und Kriya erreicht wird. Dieser Prozess der Selbstfindung beginnt mit Asana (Sitzen in einer bestimmten yogischen Position) und Pranayama (Atemkontrolle). Wenn Yoga von jemandem praktiziert wird, der die Kriya gemeistert hat, nehmen die Götter den Yogi durch seine erwachte kosmische Energie, die in jedem Einzelnen vorhanden ist, in ihre Mitte auf. Das höchste Ziel von Yoga ist es, Selbsttranszendenz durch körperliche, geistige und spirituelle Gesundheit zu erreichen. Es gibt mehrere Zweige des Yoga, die den Dienst an anderen, die Suche nach Weisheit, Hingabe, Gewaltlosigkeit, und die Einhaltung spiritueller Rituale. Jeder von ihnen unterscheidet sich voneinander, mit einer anderen Philosophie der Selbstverbesserung.

HATHA YOGA

Hatha Yoga ist ein Weg, bei dem der Hauptfokus auf guter körperlicher Gesundheit liegt. Es liegt daran, dass seine Praktizierenden glauben, dass ein gesunder und reiner Körper dazu beitragen kann, ein größeres geistiges und spirituelles Bewusstsein zu schaffen. Der Praktizierende muss den Körper unter die Kontrolle des Geistes bringen. Die höchste Reaktionsfähigkeit des Körpers kann nur erreicht werden, wenn der Körper genährt und entwickelt wird.

Der unverzichtbarste Leitfaden für Hatha-Yoga wurde im fünfzehnten Jahrhundert von Swami Swatmarama geschrieben. Es ist bekannt als Hatha Yoga Pradipika oder das Licht, das Hatha Yoga erleuchtet. In seinem einleitenden Vers zollt der Autor dem Lehrer Adinath (Shiva) Respekt. Er wird als eine ursprüngliche Persönlichkeit angesehen, die eine Sekte, die als Nath sampradaya bekannt ist, praktizierte, organisierte und auslöste.

Die großen shaivistischen Texte zeigen, dass Shiva nicht dual ist. Er ist sowohl reine Glückseligkeit als auch die unendliche Masse des Bewusstseins. Yoga hilft uns zu verstehen, dass das spirituelle Herz des Einzelnen auch das Herz des Universums selbst ist. Dies hilft uns weiter zu wissen, dass der Herr des Yoga in uns existiert. Unser Körper kann auch als Instrument verwendet werden, um sich zuerst mit Shakti als Energie und dann mit Lord Shiva selbst zu verbinden. Das Gesicht des Herrn gilt als die Energie (Shaiva mukham), und durch den intensiven Prozess der Konzentration auf die Bedeutung von Bewegungen können wir bald Seine Gegenwart spüren. Das kann unseren Sinn für Individualität zum Schmelzen bringen in die universelle Essenz, wie ein Stück Salz verschmilzt und seine Einheit mit dem unendlichen Ozean erfährt.

Es ist wichtig, sein Ziel zu verstehen - Hatha Yoga ist es, den Geist zu beruhigen und in Samadhi zu gehen, was helfen würde, über den Dualismus und die Schwankungen des Geistes hinauszugehen und uns selbst in der reinsten Form zu sehen. Im Hatha-Yoga wird der Körper durch Selbstdisziplin und verschiedene andere Mittel gezähmt. Insgesamt wird eine gute Gesundheit und psychologische Integration erreicht, bevor man sich mit den tieferen Aspekten des Yoga befasst. Durch intensives Yama wird man fit, um Meditation zu praktizieren. Diese Praxis der Selbstdisziplin wird mit anderen Worten Yoga genannt. Durch dieses intensive Sadhana erreicht man Raja Yoga, auch bekannt als Gottesvision oder Atman Darshan.

RAJA YOGA

Ein Raja Yogi beginnt mit Meditation und Konzentration.

Jeder Gedanke, jedes Gefühl, jede Wahrnehmung oder Erinnerung, die du in deinem Kopf verursacht hast, könnte eine Veränderung oder Kräuselung verursacht haben. Es verzerrt und färbt den mentalen Spiegel. Wenn du den Geist davon abhalten kannst, sich in Veränderungen zu formen, wird es keine Verzerrung geben, und du wirst dein wahres Selbst erfahren.

—Swami Satchidananda

Dieser Zustand, der samenlose Zustand, kann durch Raja Yoga erreicht werden. Daher sind alle hier enthaltenen yogischen Praktiken potenzielle Werkzeuge, die helfen können, Karma zu reinigen und Moksha zu erhalten. Raja Yoga zielt darauf ab, alle Gedankenwellen oder mentalen Modifikationen zu kontrollieren. Laut Patanjali geht der Geist in der Jangama-Dhyana-Technik in die Meditation und konzentriert sich zwischen den Augenbrauen, schließlich erfährt der Yogi das Bewusstsein der Existenz und erreicht Selbstverwirklichung.

Swami Vivekananda über Raja Yoga

Das Ziel von Raja Yoga ist es, den Geist zu konzentrieren, die innersten Tiefen unseres eigenen

Geistes zu entdecken, ihren Inhalt zu verallgemeinern und daraus unsere eigenen Schlussfolgerungen zu ziehen. So lehrt uns Raja Yoga, die Kontrolle über die innere Natur des menschlichen Geistes zu erlangen, die schwieriger zu kontrollieren ist als die äußere Natur.

Nach Pratyahara und Dharna kommen wir zu Dhyana (Meditation). Dhyana wird erreicht, wenn der Geist trainiert wurde, auf eine bestimmte Idee fixiert zu bleiben. Dann kommt die Kraft des Fließens in einem ununterbrochenen Strom. Wenn man die Macht des Dhyana so intensiviert hat, dass man den äußeren Teil der Wahrnehmung ablehnen und nur über den inneren Teil meditieren kann, wird dieser Zustand als Samadhi bezeichnet.

Dharna, Dhyana und Samadhi bilden zusammen das Samyama. Er fügte hinzu, dass der meditative Zustand der höchste Daseinszustand des Menschen ist, beginnend von der untersten Stufe des Tieres bis zum höchsten Engel.

Die Schritte des Raja Yoga—Ashtanga Yoga (Acht Gliedmaßen)

Yama

Yama reinigt den Geist (chitta) auf verschiedene Weise, Gewaltlosigkeit (ahimsa), Wahrhaftigkeit (satya), Habgierlosigkeit

(Aparigraha), Keuschheit (Brahmacharya) und Nicht-Stehlen (Asteya).

Niyama

Niyama hilft uns, innere Reinigung zu erreichen, das heißt, die Reinigung des Geistes durch Wahrheit und andere Tugenden wie innere und äußere Reinheit. Nämlich,

- **Shaucha**: Zufriedenheit
- **Santosha**: Sparpolitik
- **Tapas**: Ein Studium religiöser Bücher
- **Svadhyaya**: Wiederholungen von Mantras und
- **Ishvarapranidhana**: Selbsthingabe an Gott

Asana

Asana bedeutet auf Sanskrit Sitz. Es gibt hauptsächlich 84 Asanas, von denen die wichtigsten Kopfstand (Shirshasan) und Lotus (Padmasan) sind.

Das Üben von Asana hilft dem Menschen auf folgende Weise:

- Körperlich (Muskeln, Gelenke, Durchblutung, innere Organe, Drüsen und Nervensystem)
- Psychologisch (Entwicklung von emotionalem Gleichgewicht und Stabilität, Harmonie)

- Mental (verbesserte Konzentrations- und Gedächtnisfähigkeit)
- Bewusstsein (Reinigen und Klären des Bewusstseins/ Bewusstseins)

Aus der Perspektive des Raja Yoga wird gesagt, dass das Praktizieren von Pratyahara, Dharana, Dhyana und Samadhi helfen kann, transzendentales Bewusstsein zu erlangen, wo der Wissende und das Objekt des Wissens eins werden.

Pranayama

Pranayama leitet sich von zwei Sanskrit-Wörtern ab - Prana bedeutet Lebensenergie und Yama bedeutet Kontrolle. Man lernt, die Kontrolle über Prana zu übernehmen, indem man das Bewusstsein für die Regulierung der Atmung übt.

Diese Praxis führt zur Reinigung der Energiekanäle (Nadis) und hilft beim Erwachen der Schlangenkraft (Kundalini Shakti) am Wurzelchakra (Muladhara Chakra).

Pratyahara

Pratyahara ist der Prozess, bei dem man frei von der Außenwelt in sich selbst wohnt. Das ist ganz anders als bei den anderen Gliedmaßen, die wir bisher besprochen haben. Hier kommt das Bewusstsein tief im Inneren zur Ruhe, und während dieser Zeit wird der Atem des Praktizierenden vorübergehend ausgesetzt.

Dharana

Yoga beginnt mit Konzentration, geht in Meditation über und endet schließlich in Samadhi. In Dharna geht es darum, den Geist zu kontrollieren, indem man sich zwischen den beiden Augenbrauen (auf Trikuti) konzentriert und dabei die Augen geschlossen hält.

Dhyana

Es gibt fünf Zustände in unserem Kopf:
- Kshipta: Aufgeregt
- Vikshipta: Teilfokussiert
- Mudha: Ignorant
- Ekagra: Einseitig
- Nirodha: Vollständig verhaftet

Wir müssen unseren Geist durch Übung (abhyasa) und Stille (vairagya) kontrollieren.

Jede Übung, die den Geist stützt und ihn einspitzig macht, ist Übung (abhyasa). Stumpfe Stille (vairagya) wird dir nicht helfen, Vollkommenheit im Yoga zu erreichen. Du musst para vairagya oder theevra vairagya haben, intensive Leidenschaftslosigkeit.- Swami Sivananda aus Amrita Gita.

Samadhi

Es gibt ein paar Bedrängnisse (Kleshas), die zu Hindernissen im Prozess des Erreichens von Samadhi werden könnten. Nämlich Unwissenheit (avidya), Egoismus (asmita), Vorlieben und Abneigungen (raga-dvesha) und Todesangst (abhinivesha). Deshalb müssen wir sie überwinden, um Samadhi zu erlangen und weiter in Richtung spirituelles Wachstum zu gehen.

Es kommt eine Zeit, in der der Atem erschöpft ist und der Geist still wird, dann lösen sie sich in die Vereinigung auf, die Samadhi genannt wird.

Diese Gleichheit, diese Einheit der beiden, das lebendige Selbst und das absolute Selbst, wenn alles sankalpa (Verlangen, Verlangen) endet, wird Samadhi genannt.

—Hath Yoga Pradipika, 4.3 – 4.7

Lord Krishna über Raja Yoga

In der Bhagavad Gita sagt Lord Krishna, dass Raja Yoga ein ausgezeichnetes intellektuelles und spirituelles Wissen ist. Er fügt hinzu, dass dieses Wissen uns befähigt, das höchste Bewusstsein zu erreichen. Dieses Wissen ist transzendentales Wissen, das Wissen, den Unterschied zwischen der Seele und dem Körper zu verstehen.

Normalerweise werden die Menschen nicht über dieses Wissen aufgeklärt. Ihnen wird externes Wissen vermittelt. Es gibt so viele Institute, in denen wir über verschiedene Fächer lernen, aber leider gibt es kein Bildungsinstitut, in dem die Wissenschaft des Geistes oder der Seele unterrichtet wird. Wir verstehen nicht, dass die Seele der subtilste und auch der wesentlichste Teil des Körpers ist. Ohne seine Anwesenheit hat der Körper keinen Wert. Dennoch legen die Menschen großen Wert auf die körperlichen Notwendigkeiten des Lebens und nicht auf die Seele. Unsere Seele ist ewig aktiv, und ihre Aktivität im geistigen Reich ist der vertraulichste Teil der geistigen Erkenntnis. Daher werden diese Aktivitäten der Geistseele hier als der König aller Erkenntnis bezeichnet, der intimste oder transzendenteste Teil aller Erkenntnis.

Auch wenn die höchste Wahrheit erst einmal anerkannt ist, wird sie niemals verdrängt. Sie bleibt unverändert. Es wird absolut ewig.

Dieses Wissen ist der König der Bildung, das geheimste aller Geheimnisse. Es ist das reinste Wissen, und weil es eine

direkte Wahrnehmung des Selbst durch Verwirklichung, es ist die Vollkommenheit der Religion. Es ist ewig, und es wird freudig vorgetragen.

—Bhagavad Gita 9.2

KARMA-YOGA

Karma Yoga ist das Yoga der Handlungen. Jede Handlung, jeder Gedanke oder jede Tat des Menschen hat eine unvermeidliche Wirkung auf das gesamte Universum. Das ist das Gesetz des Karmas. Vom Atom bis zur höchsten Form des Menschen will jeder

Erlösung. Das ist ihr Lebenszweck. Daher ist Karma Yoga der einzige Weg, der der Menschheit helfen kann, aus dem Kreislauf von Leben und Tod (janma-mrityu-Chakra) herauszukommen und Befreiung (moksha) zu erlangen, für die wir unser ganzes Leben lang kämpfen. Das ist unser oberstes Ziel.

Im Hinduismus ist Karma Yoga ein selbstloser Dienst an anderen Mitmenschen. Dharma ist im Karma-Yoga präsent und lehrt den Praktizierenden, ein Leben voller Harmonie mit seiner jeweiligen Umgebung zu führen.

Unser Karma entscheidet, was wir verdienen und was wir aufnehmen können. Manchmal genießen wir schöne Momente und manchmal werden wir von Schwierigkeiten heimgesucht. Wir müssen erkennen, dass alles, was in unserem Leben passiert, daran liegt, dass wir es uns verdient haben. Dies ist das ewige (ewige) Gesetz des Karmas.

In der Bhagavad Gita bedeutet der Begriff Karma die Handlungen oder Taten eines Individuums. Es gibt zwei Arten von Karma: Nishkama-Karma, was in der Regel bedeutet, Taten zu vollbringen, ohne ein günstiges Ergebnis zu erwarten. Dann wird die das andere ist Sakama-Karma, bei dem Menschen ihre Taten unter Beibehaltung der Erwartungen an ein gutes Ergebnis ausführen.

Die Handlungen, die in der Hoffnung ausgeführt werden, Belohnungen zu erhalten, sind Sakama-Karma. Eine Person, die an solchen Handlungen beteiligt ist, ist eher anfällig für Enttäuschung oder selbstzerstörerisches Verhalten. Stattdessen ist es wahrscheinlicher, dass derjenige, der Nishkama-Karma ausführt und Dharma (ethische Dimension) folgt, Befreiung oder Selbstermächtigung erreicht.

Der einzige Zweck eines Karma Yogis im Leben ist es, seine Seele zu reinigen. Sein Ziel ist es, soziale Taten erwartungsfrei und unvoreingenommen zu vollbringen.

Ein Karma Yogi ist als der ewige Entsager bekannt.

Ein echter Karma Yogi führt einen Alltag und vollbringt alle notwendigen Taten. Der Unterschied ist, dass sie mit ihren guten Taten Schritt halten und nichts von ihren Mitmenschen erwarten. Daher kann er auch nach dem Zusammenleben mit den Menschen ein Leben als Heiliger führen.

Ein Karma-Yogi ist sehr geschickt in der Selbstkontrolle und übernimmt die Kontrolle über seinen Geist und seine Sinne. Er fängt an, seine Taten ohne Moh (Anhaftung) und Erwartungen auszuführen. Ein wahrer Karma Yogi gibt sich seinem Karma (Taten) hin, und während er dient, widmet er sich Gott mit seiner Seele und seinem Verstand. Bald kann dieser tüchtige Yogi alle seine materialistischen und zeitlichen Wünsche wie Anhaftung, emotionalen Stress, Lust, Wut und Gier überwinden.

Spiritualität ist ein wichtiger Weg bei der Durchführung von Karma-Yoga. Es lehrt spirituelle Sucher, ihre Taten gemäß dem Dharma zu erreichen, ohne an das Endergebnis gebunden zu sein.

Wenn diejenigen, die an Dharma glauben, am Ende den Weg der Entsagung einschlagen und Sadhus werden, bleibt der Welt nur noch die bösen Menschen, die Adharma praktizieren. Dies bringt der Menschheit weitere Zerstörung, da die Menschheit sündig wird. Der wahre Karma Yogi verzichtet auf alle Arten von Anhaftung an die Ergebnisse von Handlungen, aber niemals auf die richtigen Taten. Er lebt unter seinen Mitmenschen und rettet die Menschheit, indem er sie Dharma lehrt und ihnen den richtigen Weg zeigt.

Wenn Mahamahim Bhishma im Mahabharata nicht auf sein Recht auf den Thron verzichtet hätte, hätte Adharma (Disharmonie) nicht zugenommen. In ähnlicher Weise, wenn König Pandu nicht in den Wald gegangen wäre und gestorben wäre, hätte Yudhisthira das Königreich von Rechts wegen bekommen und er hätte sein Königreich friedlich regieren können.

Die wichtigste Lektion des Karma-Yoga ist zu wissen, dass diese Mitmenschen nur ein Teil des Paramatman (Ur-Selbst) sind - all die Taten, all die Veränderungen, all das Geschehen, in der Tat alles um uns herum geschieht wegen Ihm. Er ist die absolute Realität. Laut Swami Vivekananda, wenn man die Kraft hat, etwas zu tun, dann gebietet Karma Yoga einem, es so zu tun, dass es Befreiung durch die Verwirklichung des Atman bringt.

Wenn man Nishkama-Karma ausübt, verleiht es Wissen, das wiederum Emanzipation bringt. Man muss in der Welt sein, aber nicht von ihr, denn das ist die Wurzel allen Leidens. Obwohl der Lotus an schlammigen, sumpfigen Orten wächst, bleibt er rein und vom Schmutz unberührt.

Swami Vivekananda sagte einmal: *"Um zu arbeiten, hast du das Recht, aber nicht auf die Früchte davon."*

Die Jugend da draußen erwartet einen Wandel in der Gesellschaft. Sie glauben an Revolutionen, einen Neuanfang, aber die Wahrheit ist, dass Veränderung nur von innen kommt. Es gibt ein Sprichwort auf Bengalisch: "Wenn du gut bist, dann ist die Welt gut." Um in der Welt zu sein, die wir uns wünschen, müssen wir die Samen unserer Seele sorgfältig gießen und pflegen, damit sie zum besseren Wohle günstig wächst. Arbeite für die Verbesserung, nicht mit materialistischen Motiven, sondern weil es das ist, was die Seele wünscht.

Jeder wünscht sich Frieden. Es ist der Raum, der ultimative Möglichkeiten eröffnet und Fragen nach der Existenz, dem Zweck der Geburt und dem Verlangen der Seele aufwirft. Was ist also wahres Karma? Selbstlos zu sein. Nicht nur an sich selbst, sondern auch an andere zu denken, ist das höchste Karma.

yogah karmasu kausalam

Der goldene Schnitt oder die goldene Spirale ist die Grundlage aller Schöpfung in der Natur. In ähnlicher Weise muss das menschliche Gehirn, das komplexeste Organ, dies auch als seinen Bauplan haben. Diese grundlegende Blaupause bildet das Gehirn, das immense und komplexe Kräfte hat. Das menschliche Gehirn hat die Macht, riesige Mengen an Wissen zu erlangen, es zu teilen und Dinge zu erschaffen. Hier verbinden sich Ideen und Menschen zu neuen Dingen. Diese Kraft nimmt dann in verschiedenen Szenarien die Form eines Gurus an.

Jnana Yoga: Das Transzendentale Wissen

Jnana ist Wissen über das Höchste Wesen, das uns letztendlich hilft, Moksha (spirituelle Befreiung) zu erlangen, während wir leben (jivanmukti) oder nach dem Tod (videhamukti).

Jnana Yoga ist eine spirituelle Praxis, die auch als Jnanamarga bekannt ist und sich weiter auf den "Pfad des Wissens" oder "Pfad der Selbstverwirklichung" konzentriert. Das Hauptziel des Jnana Yoga ist die Verwirklichung der Einheit des "individuellen Selbst" (Atman) und des "ultimativen Selbst" (Brahman). Diese mystischen Lehren finden sich in den frühen Upanishaden, die diese Kriya (Praxis) als den Weg der Erkenntnis des Selbst oder der Vereinigung bezeichnen.

Jnana Yoga hilft uns, Erleuchtung zu erlangen und hilft dadurch dem Praktizierenden, das Leben aus der Perspektive einer dritten Person zu betrachten, die denkt und Entscheidungen trifft. Infolgedessen hilft ihnen dieses Phänomen, sich vom Ego zu distanzieren und ihren ewigen Atman vom Körper zu befreien, dessen wahrer Charakter die spirituelle Realität verbirgt.

Im Hinduismus folgt der Praktizierende seinem Guru, meditiert, reflektiert und erlangt Erleuchtung, indem er sein Atman oder seine Seele, ist diese Beziehung des metaphysischen Konzepts als Brahman bekannt. Jnanamarga wurde in alten und mittelalterlichen hinduistischen Schriften wie den Upanishaden und der Bhagavad Gita erwähnt.

Klassischer Advaita Vedanta

Im Advaita Vedanta wird gesagt, dass Jnana Yoga sowohl den primären (Selbstbewusstsein oder Bewusstsein) als auch den sekundären Sinn (intellektuelles Verständnis) bedeutet.

Advaita Vedanta bezeichnet die Verhaltensqualifikationen des Jnana Yoga, um Befreiung (Moksha) zu erlangen. Zum Beispiel:

- **Diskriminierung**: Die Fähigkeit, genau zwischen dem Permanenten oder Ewigen (nitya) und dem Temporären oder Transitorischen (anitya) zu unterscheiden (viveka).

- **Ablehnung von Früchten**: Die leidenschaftslose Gleichgültigkeit (virāga) gegenüber dem Genuss anderer Objekte (artha, phala, bhoga) oder gegenüber der anderen Welt (amutra) nach der Wiedergeburt.

- **Sechs Tugenden**: Mäßigkeit des Geistes (sama), Mäßigkeit der Sinnesorgane (dama), Rückzug des Geistes von Sinnesobjekten (uparati), Nachsicht (titiksa), Glaube (shraddhā) und Konzentration des Geistes (samādhāna).

- **Sehnsucht**: Die intensive Sehnsucht nach Befreiung (Moksha) aus dem Zustand der Unwissenheit.

- **Praxis**: Im Jnana Yoga gibt es drei Praktiken für die Advaitins:

0 **Hören** (sravana): Sravana bezieht sich typischerweise auf das Verständnis der Wahrnehmungen und Beobachtungen des Gurus, aber hier bezieht es sich auf die Ideen, Konzepte, Fragen und Antworten.

0 **Denken** (manana): Manana bezieht sich auf die Kontemplation verschiedener Ideen wie svadhyaya und sravana.

0 **Meditation** (Nididhyāsana): Nididhyāsana bezieht sich auf Meditation und die Verwirklichung der ultimativen Überzeugung von Wahrheit, Nicht-Dualität und einer Verschmelzung von Wissen und Sein.

Jnana Yoga ist ein Weg, um Jnana oder Wissen unter einem Guru zu erlangen, der dir den richtigen Weg zeigt und dir hilft, Avidya (das psychologische und perzeptive Missverständnis, das mit Atman und Brahman verbunden ist) zu zerstören.

Jnana Yoga im Shaivismus

Im Shaivismus wird angenommen, dass Spiritualität verfolgt werden kann, ohne einen asketischen yogischen Lebensstil zu führen und der Entsagung zu folgen, während man Jnana Yoga praktiziert. Es wird auch angenommen, dass das Leben im Alltag mit den Mitmenschen den Prozess der Verwirklichung zum Selbst (Shiva im Inneren) nicht behindert. Daher liegen die Traditionen in der Integration von Karma Yoga und Jnana Yoga. Es wird weiter als höheres spirituelles Verhalten eingestuft, je nachdem, ob die Aktivität durch Wahl oder Gewalt erfolgt.

Jnana Yoga nach Swami Vivekananda

Swami Vivekananda wurde über die Ideen von Religion, Gott und dem Leben danach befragt - warum sucht ein Mann nach einem Gott? Warum sucht der Mensch in jeder Nation, in jeder Gesellschaft irgendwo nach dem perfekten Ideal, entweder im Menschen, in Gott oder anderswo?

Wir verstehen nicht, dass diese Idee in uns lebt, aber wir verwechseln sie mit etwas Äußerlichem. Wir sind alle kleine Teile des Paramatman. Es ist der Gott in unserem eigenen Selbst, der uns sein Bewusstsein suchen und verwirklichen lässt. Nach einer langen Suche hier und da, von Tempeln zu Kirchen, von der Erde zum Himmel, kommen wir schließlich dorthin zurück, wo wir diese Reise beginnen, wir kommen zu unserer Seele, und dann haben wir die Erkenntnis, dass Er, den wir auf der ganzen Welt gesucht haben, von religiösen Orten wie Tempeln bis zu Kirchen, Er, von dem wir glaubten, dass er das Geheimnis aller Geheimnisse ist, die in den Wolken verborgen sind, ist in Wirklichkeit dem Nächsten am nächsten; es ist unser eigenes Selbst, die Realität unseres Lebens, unseres Körpers und unserer Seele. Das ist unsere eigene Natur. Wir müssen es durchsetzen. Manifestiere es.

Die Natur ist wie der Bildschirm, der die Realität dahinter verbirgt. Daher reißt jeder positive Gedanke, den man denkt oder handelt, einfach den Schleier, wie er ist, und die Reinheit der Unendlichkeit, des Gottes im Inneren, manifestiert sich immer mehr. Menschliches Wissen steht nicht im Gegensatz zum menschlichen Wohlbefinden. Im Gegenteil, Wissen allein wird die Menschheit in jedem Lebensbereich retten, in dem Wissen verehrt wird.

Wir müssen wissen, dass sowohl positive als auch negative Kräfte parallel zueinander wirken. Wenn einer egoistisch ist, dann ist der andere selbstlos. Während des gesamten Schaffens haben beide zusammengearbeitet. Wir sind dazu bestimmt, beide am selben Ort zu finden. Vom Niedrigsten bis zum Höchsten ist das Universum der Spielplatz dieser beiden Kräfte. Wenn das eine der Erwerb ist, dann ist das andere der Verzicht. Wenn einer nimmt, dann gibt der andere.

Es soll gezeigt werden, dass das höchste Ideal von Sterblichkeit und Selbstlosigkeit Hand in Hand mit der höchsten metaphysischen Konzeption geht. Um eine fundamentale Basis von Moral und Ethik zu erreichen, muss man daher die höchsten philosophischen und wissenschaftlichen Konzepte haben.

Die Wissenschaft der Bhagavad Gita

Es gibt einige Ähnlichkeiten zwischen psychodynamischen Theorien und den Lehren der Bhagavad Gita. Meistens handelt es sich bei der Not um einen Konflikt zwischen innerer Dissonanz und äußerlichen materialistischen Anforderungen. Wenn der Praktizierende diese beiden wesentlichen Lebensfaktoren versteht, dann wird man zur Anpassung erhoben.

Die Gita kommt zu dem Schluss, dass die Sinne (Indriyas) Attraktionen bilden, die zu Verlangen und Lust führen. Außerdem finden wir viele Ähnlichkeiten zwischen Lust (kaam), Wut (krodh), Gier (lobh), unersättlicher Anhaftung (moh) und grundloser Selbstverherrlichung (ahankar). Diese erzeugen Verwirrung im Kopf, die dazu führt, dass man seine Pflicht vergisst und schließlich zur Selbstzerstörung führt. Überraschenderweise ist die Idee der kollektiven Bewusstlosigkeit, die in der psychodynamischen Literatur beschrieben wird, verwandt mit Atman, wie er in der Gita definiert ist.

Jnana Yoga, nach Bhagavad Gita

Unser Körper ist "das Feld", und derjenige, der dieses Wissen hat, ist der "Kenner des Feldes". Jetzt kann man wahres Wissen erlangen, sobald man erkennt, dass Lord Krishna die Höchste Persönlichkeit der Gottheit ist, die der Kenner von allem ist. So erkennt jemand, der dieses heiligste Wissen durch den Yoga des göttlichen Wissens erkennt, schließlich die Wahrheit in sich selbst.

Diese Kenntnis des Tätigkeitsfeldes und des Kenners der Tätigkeiten wird von verschiedenen Weisen in verschiedenen vedischen Schriften beschrieben. Es wird besonders im Vedanta-Sutra mit allen Überlegungen zu Ursache und Wirkung vorgestellt.

- Bhagavad Gita 13,5

Wahres Wissen ist der Weg zu Weisheit, Wohlstand und Glück. Dieses Wissen ist die Kraft. Die Person mit dem Wissen kann alle Probleme bekämpfen und die Kontrolle über ihr Bewusstsein und das Leben um sie herum übernehmen. Die reine transzendentale Erkenntnis des Lebens liegt in der geistigen Verwirklichung der Höchsten Persönlichkeit der Gottheit.

Nach vielen Geburten und Todesfällen ergibt sich derjenige, der in Kenntnis ist, Mir, wissend, dass Ich die Ursache aller Ursachen und alles, was ist, bin. Eine solche Seele ist knapp.

—Bhagavad Gita 7.19

Im Sankhya-System wird gesagt, dass der „Kenner des Feldes" in der menschlichen Persönlichkeit wohnt. Es gibt ein Aggregat oder Skandha (Körper,

JITAVATI DAS

Empfindungen, Wahrnehmungen, und mentalen Formationen) eines Feldes und Feldwissens, das mit dem menschlichen Bewusstsein in jedem Menschen verwoben ist. Das menschliche Bewusstsein hilft, Freude oder Schmerz zu erfahren, indem es durch einen endlosen Prozess des Handelns und Reagierens dem Leben ähnelt.

Wie Lord Krishna sagte:

Prakriti ist die Ursache der Aktivität: der Handelnde, das Mittel zum Tun, und die Sache ist getan. In seiner Beziehung zu Prakriti ist Purusha allein die Ursache für die Apperzeption von Erfahrung als angenehm und schmerzhaft.

—Bhagavad Gita 13,20

Es wird gesagt, dass die wesentliche Natur unseres Bewusstseins Ekstase ist. Aber die Beziehung zwischen purusha (den Lebewesen) und prakriti (der materiellen Natur) ist eine endlose Tat, die uns unsere wahre Natur vergessen lässt. Dieses Phänomen ist als spirituelles Dilemma bekannt. In Wirklichkeit verstrickt sich das Bewusstsein mit der endlosen Adaption von Prakriti. Daher kommen wir zu dem Schluss, dass spirituelle Freiheit die Befreiung von Purusha von Selbstvergessenheit und von seiner anschließenden Anhaftung an die Freude und Trauer der materiellen Welt ist, in der die Menschheit lebt.

Der Höchste Herr wohnt in jedermanns Herzen, o Arjuna, und lenkt die Wanderungen aller Lebewesen, die wie auf einer Maschine aus materieller Natur sitzen.

—Bhagavad Gita 18,61

Es wird gesagt, dass der Weg des Jnana Yoga uns helfen wird, die Beziehung zwischen der Purusha und dem Selbst zu entfalten.

In der Gita erwähnt Krishna eine solche Beziehung, wenn er erklärt, dass reines Bewusstsein der gleichzeitige Kenner jedes Feldes ist. Es ist das Selbst, das in jedem Selbst wohnt. Krishna fügt auch hinzu, dass die Beziehung zwischen dem individuellen Bewusstsein und dem Selbst eins ist; wohnt zwischen der virtuellen Realität und einem tieferen Erwachen, in dem die Individuen leben.

Im menschlichen Bewusstsein wird gesagt, dass das Ego als jemand dient, der selbstsüchtig ist und gegenüber dem wahren Sinn des Lebens geblendet ist. Wenn sie von Anhaftung (moh) überwältigt ist und sich nicht von ihrem eigenen Gefühl der Selbstherrlichkeit lösen kann oder egoistisch ist, dann wird unsere Wahrnehmung des höheren Reiches verdunkelt. So korreliert das Ego mit den ultimativen Funktionen von Geist und Körper und erweitert seine eigene Vision der Realität.

Hier kommt die Rolle des Jnana Yoga, die uns zur Verwirklichung des Selbst führt. Es hilft uns, die Harmonie mit dem Ego auszugleichen oder auszutauschen, wodurch wir unser Bewusstsein nähren können.

Meditation und Kontemplation sind zwei Praktiken, die dem Praktizierenden helfen, auf dem richtigen Weg der Verwirklichung voranzukommen. Erstens hilft uns Meditation, ein robustes inneres Zentrum zu schaffen, das uns weiter hilft, zwischen individuellem Bewusstsein und dem universellen Bewusstseinsfeld zu unterscheiden. Auf der anderen Seite ermöglicht uns die Kontemplation, über die vorübergehende Natur des Lebens nachzudenken und hilft uns, die Natur des Bewusstseins zu beleuchten. Dies führt weiter zu einem Schritt vorwärts zu einer direkten Erfahrung der Realität.

In der Bhagavad Gita wird Jnana Yoga auch Buddhi Yoga genannt. Das Ziel ist Selbstverwirklichung. Im Text heißt es: dass die Jnana-Marga einer der anspruchsvollsten Wege ist, da sie die "formlose Realität" und den sichersten Weg zur Entdeckung des Atman beinhaltet.

Wahrlich, es gibt hier nichts, das so rein ist wie Kenntnis. Mit der Zeit findet derjenige, der im Yoga vervollkommnet ist, das in seinem eigenen Atman.

Jnana yogi ist ein spiritueller Praktizierender, der sich selbst in Frage stellt: „Wer bin ich?" und damit einen Schritt zum ultimativen Wissen macht. Ein Jnana Yogi praktiziert auch philosophische Spekulation (eine der Möglichkeiten, die höchste Macht zu erreichen), um Gott zu verstehen, auch bekannt als Brahman-Verwirklichung.

Ich werde jetzt das Erkennbare erklären, wissend, dass ihr ewig schmecken werdet. Brahman, anfangslos und Mir untergeordnet, liegt jenseits von Ursache und Wirkung dieser materiellen Welt.

—Bhagavad Gita 13.13

Bhakti Yoga oder die Kraft der Liebe kann in Radha-Krishna verkörpert werden. Die Pfauenfeder bedeutet dies. Es kann alle Barrieren überwinden, die von menschlichen Gesellschaften geschaffen werden, was sich in den rechtwinkligen Strukturen zeigt. Die schiere Kraft und Wärme der Liebe zeigt das Sudarshan-Chakra in der Mitte.

Bhakti Yoga: Göttliche Liebe

Jemand, der nicht neidisch ist, sondern ein freundlicher Freund aller Lebewesen ist, der sich nicht als Eigentümer betrachtet und frei von einem falschen Ego ist, das sowohl in Glück als auch

bedrängnis, die tolerant, immer zufrieden, selbstbeherrscht und im hingebungsvollen Dienst mit Entschlossenheit, seinem Verstand und seiner Intelligenz, die auf Mich fixiert sind, beschäftigt ist - solch ein Gottgeweihter von Mir ist Mir sehr lieb.

—Bhagavad Gita 12.14

Bhakti bedeutet auf Sanskrit Liebe oder göttliche Liebe und Yoga bedeutet Vereinigung oder Einheit. Im Wort bhakti bedeutet "bha" Zufriedenheit und Nahrung, während "ka" für "wissen" steht, "ta" bedeutet Erlösung und "I" bedeutet Shakti oder Energie.

Bhakti Yoga ist die Verwirklichung des Höchsten Bewusstseins. Bhakti Yoga ist die göttliche Vereinigung mit dem Höchsten Bewusstsein; dies ist die ultimative Verwirklichung des Lebens. Dieses Bewusstsein wird Glückseligkeit und Wohlstand geben, der Praktizierende wird das Gefühl der Trennung von den alldurchdringenden Kräften aufgeben. Es wird alle Erklärungen und Identitäten aufgeben, die von der Menschheit definiert werden.

Der Yogi wird sich in der Fülle der Zeit in den weiten, unendlichen Ozean der Liebe und Bhakti auflösen. Diese Erkenntnis ist nur möglich mit der Anwesenheit von unendlicher oder göttlicher Liebe in jeder Zelle und jedem Atom unseres Körpers.

Bei Bhakti geht es darum, diese göttliche Liebe zu erreichen, die die Barrieren beseitigt, die Menschen im Laufe der Jahre aufgebaut haben. Sobald wir diese Barrieren in uns zu einem Ende bringen, beginnt der Weg zur Ewigkeit in uns selbst. Unsere Seele erlangt Erleuchtung, und dieses helle Licht der Liebe und Bhakti kann durch unsere Augen gesehen und auf die Menschheit übertragen werden.

In der heutigen Welt leisten die Menschen von der Kindheit über das Erwachsenenalter bis hin zur Rente harte Arbeit. Plötzlich stellt der Mensch fest, dass ihm nur noch sehr wenige Jahre bleiben, um sich auf den Weg der Verwirklichung zu begeben. Leider wird dieses Verständnis zu Beginn des Rattenrennens vermisst, bei dem jeder sein Bestes gibt, um sein Leben unglücklich zu machen, Arbeit zu suchen und andere niederzudrücken, während er die sogenannte Erfolgsleiter in der materiellen Welt erklimmt. Aus makroökonomischer Sicht ist es nicht die beste Lösung für die Menschheit. Verstehen wir, dass dies zu Schwierigkeiten im Leben führen kann, weil jede Handlung, die man im Leben ausführt, eine Konsequenz hat? Die Gesellschaft versteht nicht, dass sie wettbewerbsfähig geworden ist und in einem Rattenrennen stecken geblieben ist. Wenn man es nachdenklich betrachtet, stellt sich die Frage, wo ist eine Richtung? Dies ist, wenn wir das Leben aus einer anderen Perspektive betrachten.

Bhakti ist etwas, das wir mit jedem Atemzug erschaffen. Es ist eine zu empfindende Liebe, die uns mit der Zeit hinwegfegt und uns hilft, ins Unendliche und darüber hinaus aufzusteigen und uns schließlich für immer verändert. Es ist fast unmöglich zu erklären, was Bhakti ist, bis man die ultimative Verwirklichung oder erlebt es, und wenn wir es fühlen können, entwickeln wir uns weiter. Es berührt den tiefsten Kern unserer Existenz. Nun, von hier aus können wir das Leben nie mehr so betrachten, wie wir es gewohnt waren. Das Leben macht uns nicht aufgeregt oder angespannt. Es bedeutet nicht, dass man nicht bereit ist, mit Mitmenschen zu konkurrieren, aber wir werden uns des Unterschieds in den Emotionen bewusst, die das Individuum fühlt, nachdem es die ultimative Verwirklichung erreicht hat. Die Erleuchtung kann in unseren Augen mit der göttlichen Liebe gesehen werden, das Licht unserer Seele wird in unseren Augen funkeln.

Nun wäre Liebe für den Praktizierenden keine Emotion mehr. Es wird eine Qualität werden; man wird Liebe werden. Man wird in alles rundherum verliebt sein. Das wird das Ende der Zweifel, Fragen und Sorgen im Leben sein.

Mit anderen Worten, Bhakti Yoga ist das Gefühl der Einheit, und das ist auch ein Weg der Hingabe, der zur Selbstverwirklichung führt, eingebettet in Liebe.

Hingabe ist eine Art zu sein. Es ist nicht etwas, was man tut; es ist eine Hingabe, Bewusstsein und Liebe zu finden.

Den Tod als das Ende des Lebens zu sehen, ist wie den Horizont als das Ende des Ozeans zu sehen.

—David Searls

Die Liebe des Höchsten ist bedingungslos. Es liegt daran, dass es in der Beziehung zwischen dem Gottgeweihten und dem Ewigen egal ist, wer man ist oder was man tut. Man muss rein und einfach hingebungsvoll sein. Dann wird das Leben an seinen Platz fallen; sich daran erinnern, dass Er bessere Pläne für alle hat, mit dem Fluss des Lebens und der Energie gehen und weiterhin Seinen göttlichen Namen chanten.

Ein reiner Gottgeweihter ist frei von allen Arten von egoistischen Wünschen, einschließlich der Sehnsucht nach Befreiung. Am wichtigsten ist, dass man von allem menschlichen Kummer, Angst und Schmerz transzendiert werden sollte. Bhakti kann durch die Gnade des Gurus im Herzen geweckt werden.

Jemand, der weder jubelt noch trauert, der weder klagt noch begehrt und der sowohl glückverheißenden als auch ungünstigen Dingen entsagt - solch ein Gottgeweihter ist Mir sehr lieb.

—Bhagavad Gita 12.17

Religion und Spiritualität

Ich habe das Gefühl, dass Religion und Spiritualität miteinander verbunden sind; selbst wenn man sagt, dass man irgendwann in seinem Leben spirituell ist, glaubt man rein an den Paramatman, die Gottheit, den Glauben, die Hoffnung - was sind das?

Religion kann mit Treppen verglichen werden; es gibt verschiedene Religionen, denen die Menschheit folgt. Spiritualität ist sowohl die Reise als auch das Ziel. Die Treppe hinaufzugehen ist die schöne Reise, um schließlich Erleuchtung zu erlangen.

Wenn die Spiritualität uns lehrt, Bhakti zu lieben und auszuführen, dann hilft uns die Religion, den Weg zu gehen. In ähnlicher Weise, wenn religiöse Schriften uns das Wissen über die hypnotisierende Liebessaga von Radhakrishna geben, dann verbindet uns Spiritualität damit und gibt uns Glauben. Das ist Bhakti. Das ist Liebe.

Wenn wir die große Heilige Meera betrachten, war sie gleichermaßen spirituell und religiös. Sie führte Aradhana von Sri Krishna auf. Wenn die Religion sie gelehrt hat, Sein Aradhana auszuführen, dann gab ihr die Spiritualität das Gefühl, mit Ihm verbunden zu sein und Krishna-Bewusstsein zu erlangen. Es ließ sie Seine Liebe spüren, auch wenn Er nicht mit ihr in der physischen Welt war. Sie teilten eine schöne Beziehung. Eine solche Beziehung ist nur möglich, wenn der Atman in reine ewige Liebe (unverfälschte göttliche Liebe) fällt.

Bhakti Yoga in der Bhagavad Gita

Und von allen Yogis denkt derjenige mit großem Glauben, der immer in Mir bleibt, an Mich in sich selbst und leistet Mir transzendentalen liebevollen Dienst - er ist im Yoga am innigsten mit Mir vereint und ist der Höchste von allen. Das ist meine Meinung.

—Bhagavad Gita 6.47

Es wird angenommen, dass der Höhepunkt aller Arten von Yoga-Praktiken im Bhakti Yoga liegt. Daher sind alle Arten von Yoga ein Weg, um Bhakti zu erlangen. Man muss verstehen, dass die anderen Arten von Yoga helfen, dies zu erkennen, und jemand, der auch fortschrittlich ist, ist auf dem wahren Weg des ewigen großen Glücks. Daher können wir verstehen, dass alle anderen Arten von Yoga in Richtung Bhakti Yoga voranschreiten, angefangen vom Karma Yoga bis zum Ende des Bhakti Yoga. Dies ist ein ausgezeichneter Prozess der Selbstverwirklichung.

Karma Yoga ohne fruchtbringende Ergebnisse ist der Anfang dieses Weges. Wenn Karma Yoga zu Wissen und Entsagung führt, dann wird diese Phase als Jnana Yoga bezeichnet. Wenn Jnana Yoga in der Meditation durch verschiedene körperliche Prozesse fortschreitet und der Geist sich Ihm hingibt, nennt man das Ashtanga-Yoga oder Raja-Yoga. Letztendlich, wenn Ashtanga-Yoga das Höchste erreicht

Persönlichkeit der Gottheit, ist es dann als Bhakti-Yoga bekannt, der Höhepunkt.

Man erreicht Krishna-Bewusstsein auf dem Pfad des Bhakti Yoga. Der ideale Yogi konzentriert sein Bewusstsein auf den Herrn, der auch Shyamasundara genannt wird. Er ist wunderschön gefärbt wie eine Wolke, deren lotusartiges Gesicht so strahlend wie die Sonne ist, deren Kleid glänzend mit Juwelen ist und deren Körper mit Blumen geschmückt ist. Sein wunderschöner Glanz, der als Bhramajyoti bekannt ist, erleuchtet alle seine Seiten. Er ist voller Opulenz und transzendentaler Qualitäten. Wer sich dieser Züge des Herrn bewusst bleibt, wird der höchste Yogi genannt. Diese Stufe höchster Vollkommenheit im Yoga kann nur durch Bhakti Yoga erreicht werden, was in der gesamten vedischen Literatur bestätigt wird:

Nur jenen großen Seelen, die impliziten Glauben sowohl an den Herrn als auch an den geistigen Meister haben, werden alle Importe des vedischen Wissens automatisch offenbart.

—Shvetashvatara Upanishad – 6.23

Bhakti bedeutet hingebungsvoller Dienst für den Herrn, der frei von dem Wunsch nach materiellem Gewinn ist, entweder in diesem Leben oder im nächsten. Ohne solche Neigungen sollte man den Geist vollständig im Höchsten absorbieren. Das ist der Zweck von Naiskarmya.

—Shvetashvatara Upanishad – 1,15

In der Shvetashvatara Upanishad wird Bhakti Yoga als Weg verwendet, um Gott Liebe zu zeigen. Später durch die Bhagavad Gita verstehen wir, dass es auch ein Weg ist, die ultimative Wahrheit zu erkennen.

Wir können unsere Liebe zu Gott mit verschiedenen Ausdrücken oder Bhava ausdrücken:

- **Shanta**: Friedlich - der Gottgeweihte bleibt ruhig und selig.
- **Dasya**: Knechtschaft - dient der ultimativen Persönlichkeit als sein treuester Diener.
- **Vatsalya**: Elternliebe - Ihn lieben wie das eigene Kind.
- **Sakya**: Göttliche Freundschaft - das Unendliche lieben wie dein liebster Freund.
- **Madhurya/kantha**: Ehelicher Liebhaber - das ist die höchste Form der Bhakti, wo Er der Geliebte ist. Hier erreicht man völlige Einheit mit Ihm.

Dies sind einige Praktiken, um Bhakti oder Krishna-Bewusstsein zu erlangen, die höchste Stufe der Vollkommenheit im Yoga-System.

Die neun Pfade der Bhakti sind auch als Navadha Bhakti bekannt

Sravanam (Hören): Sravanam ist die erste Praxis im spirituellen Bereich der Bhakti. Daher wird die Aufnahme geistiger Botschaften und Eindrücke über geistige Faktoren die wichtigste Aufgabe auf dieser Reise als erste Pflicht sein.

Kirtanam (Mantra-Meditation): Es ist eine Praxis, bei der der Praktizierende den Namen seines Gurus singt. Kirtanam bedeutet in der Regel, zu wiederholen, zu rezitieren und zu verherrlichen.

Smaranam (Erinnern): Smaranam ist ein Zustand der Glückseligkeit, in dem man sich der Umstände um sich herum nicht bewusst ist und der Praktizierende von der Welt getrennt ist. Die relative Zeit spielt für einen keine Rolle mehr. Es ist ein Zustand, in dem sich der Praktizierende an die Höchste Persönlichkeit erinnert.

Padasevanam (Dienst an den Lotosfüßen): Es ist eine Stufe des aktiven Dienstes am Höchsten und kann nur erreicht werden, nachdem man die ersten drei Zustände durchlaufen hat. Padasevanam bedeutet wörtlich den Nutzen der Lotosfüße des Höchsten.

Archana (Weg der Anbetung): Es ist der Weg, auf dem wir unser gesamtes Bewusstsein in den Dienst der Höchsten Form stellen können. Es ist eine exklusive Möglichkeit, uns vollständig in Bhakti zu absorbieren.

Vandanam (Gebet darbringen): Es ist ein Weg, Gebete und Verehrung darzubringen.

Dasyam (Dienerschaft): Es ist ein Zustand der Freiheit von der materiellen Natur, und man kann ultimative Glückseligkeit erleben. Die Seele braucht von Natur aus Schutz. In menschlicher Form flüchtet sie sich in die materielle Welt und hat schließlich negative Emotionen. Aber wenn es sich unter die

Höchste Persönlichkeit flüchtet, ist es dann frei von allen materialistischen Bedingungen. Es ist ein Weg zum ewigen Wohnsitz des Höchsten.

Sakhyam (Freundschaft): Es ist ein Zustand des hingebungsvollen Dienstes am Höchsten, in dem man sich als Freund der Höchsten Persönlichkeit betrachtet.

Atmanivedanam (Hingabe): Es ist ein Zustand, in dem man seinen Atman für immer dem Höchsten Wesen übergibt.

Dieser Atman kann weder durch das Studium der Veden noch durch Intelligenz erreicht werden. Auch nicht durch viel Gehör, aber der Atman kann nur von dem erlangt werden, der danach strebt, es zu erkennen. Ihm offenbart dieser Atman seine wahre Natur.

—Katha Upanishad, Vers- 1.2.23

Bhakti Yoga ist ewige Liebe, und das bringt dem Praktizierenden grenzenlose Freiheit.

Es gibt einen kleinen Unterschied zwischen den Prinzipien der Erkenntnis und der Liebe. Die Jnanis glauben, dass Bhakti ein Instrument der Befreiung ist, während die Anhänger des Bhakti Yoga glauben, dass es sowohl ein Instrument als auch eine Bühne ist, die erreicht werden soll. Aus reiner Liebe muss man das ultimative Wissen erwerben.

Laut Shankara ist Meditation eine ständige Erinnerung, über die man meditiert und wie ein unbeeinträchtigter Strom von einem Aufbewahrungsort zum anderen fließt. Wenn dieses Lebensgefühl erreicht ist, brechen alle Fesseln. Es wird gesagt, dass die Bhakti eines Praktizierenden gegenüber seinem Guru genauso ist wie die reine Liebe zweier Geliebter, wenn man über seine Geliebte meditiert.

Deshalb heißt es in den heiligen Schriften, dass ständiges Erinnern ein Weg zur Befreiung ist. Es wird gesagt: "Wenn der gesehen wird, der fern und nahe ist, werden die Bande des Herzens zerrissen, alle Zweifel verschwinden, alle Auswirkungen der Arbeit verschwinden." Immer wieder daran zu denken, dass die Form des Herrn Anbetung ist. Der Guru, der Wissen verbreitet, ist lobenswert, aber der Guru, der reine Liebe anwendet, ist ewig der Beste.

Daher wird das bloße Hören, Denken und Meditieren nicht dazu beitragen, diesen Atman zu erreichen. *"Wen dieser Atman begehrt, von ihm wird der Atman erreicht."*

Reine Liebe ist wünschenswert, um sie zu erreichen. Wer also ewige reine Liebe geben kann, wird der Geliebte des Atman.

Denjenigen, die sich ständig dem Dienst an Mir mit Liebe widmen, gebe Ich das Verständnis, durch das sie zu Mir kommen können.

—Bhagavad Gita 10.10

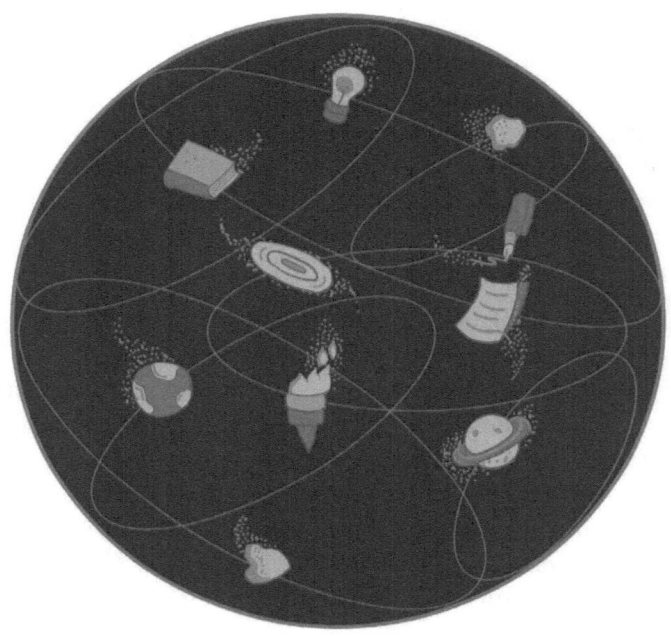

Die räumliche Verbindung, die mit den abstrakten Strings gesehen wird, wurde geschaffen, um die Verbindung zwischen allen möglichen Elementen im Universum darzustellen. Die kraftvolle Verbindung von Liebe und Yoga vereint Wissen mit Karma und möglicherweise allen anderen bekannten Faktoren.

Yoga Ist Liebe

Yoga hilft unserem Körper, Geist und Seele, unsere Existenz in absoluter Harmonie zu erschaffen, was uns weiter dazu bringt, in Harmonie zu koexistieren. Sankhya ist eine dualistische Philosophie, die einen rein philosophischen Rahmen bietet. Yoga hingegen hilft uns, Sankhya-Terminologien praktisch zu nutzen, um das Ziel zu erreichen. Die Beziehung zwischen Sankhya und Yoga kann mit Wissenschaft und Technologie verglichen werden. Die Wissenschaft gibt uns Hypothesen (abstrakte Theorien), während die Technologie uns hilft, sie ins Spiel zu bringen und wertvolle Ergebnisse zu liefern. Nach Sankhyas Lehren ist Yoga keine Philosophie. Vielmehr ist es die Philosophie, die in Taten umgesetzt wird. Yoga ist die höchste Form der Kriya, die man ausführen kann. Die Wichtigkeit dieser Aktion ist, dass man die Endergebnisse nicht berechnet oder begierig darauf ist. Ebenso ist das Predigen von Liebe dem Yoga sehr ähnlich, da beide die gleichen Prinzipien der Verbreitung von Harmonie haben.

Wir wissen über das riesige Universum Bescheid. Aber wissen wir, was bei der Schaffung dieses unendlichen und faszinierenden Universums geholfen hat? Es ist Wissen (Gyan). Dies ist das gleiche Wissen, das bei der Schaffung der Veden und vieler anderer Upanishaden geholfen hat. Dieses Wissen ist ewig und grenzenlos. Dies ist das ultimative Wissen, das in einem englischen Wort mit vier Buchstaben zusammengefasst werden kann: Liebe. Die reinste, selbstlose Liebe, die vollkommene Liebe, das ewige Vorbild von denen Sri Radha-Krishna für immer in unseren Seelen und unserem Bewusstsein bleiben wird. Eine solche Liebe hilft uns, über die Dimensionen der Galaxien hinaus zu kommunizieren; eine solche ewige Liebe kann niemals durch die Regeln der Gesellschaft komprimiert werden. Ihre Liebe veränderte die Bedeutung der Liebe in der Sprache der Menschheit, an die sich auch nach Tausenden von Jahren noch erinnert wird und die für die Ewigkeit in Erinnerung bleiben wird; eine harmlose, selbstlose, hingebende Liebe. Als Krishna Vrindavan verließ, kam er nie wieder zurück. Er hat Radha in seinem Leben nie wieder getroffen und dennoch sprechen wir immer noch von ihrer dauerhaften Liebe, weil die Distanz ihre Beziehung für den Rest ihres Lebens nie beeinflusst hat. Selbst heute ist Krishna ohne Radha unvollständig, und ohne Krishna kann Radha niemals vollständig sein. Und wir können nicht einfach von einem ohne das andere sprechen. Sie sind im Atem des anderen präsent. Radha ist Krishna. Krishna ist Radha; sie sind nicht anders. Sie sind eins. Deshalb wird ihr Name auch heute noch als Radha-Krishna zusammengefasst.

Liebe ist eine zwingende Eigenschaft, die uns über alles erheben und uns dazu bringen kann, uns selbst zu vergessen. Unser vollständiges und ewiges Bewusstsein ist unserem Geliebten gewidmet. Außerdem gehen wir über unser falsches Ego und unsere Selbstsucht hinaus und denken über das Wohlergehen unserer Geliebten vor uns nach. Liebe gibt uns intensives Bewusstsein und Konzentration, sie geht gegen unseren Willen, und wenn wir uns weiterhin an unsere Geliebte erinnern, verbinden wir am Ende unsere Seelen spirituell. Auch wenn sie nicht in der Nähe sind, können sie in verschiedenen Dimensionen miteinander kommunizieren. Dies ist die höchste Form der Liebe. Das ist die wahre Kraft der reinen Liebe. Sobald wir die Liebe verstehen, können wir sie in ihrer reinsten Form erfahren, und dann sind wir in unserem spirituellen Leben einen Schritt voraus.

Mit der Liebe kommt Bhakti, und mit Bhakti kommt die Liebe, die direkt proportional zueinander ist. Wenn wir uns also auf einem gerechten Weg befinden, verstehen wir die wahre Bedeutung der Liebe. Es hilft uns auch, die Voraussetzungen für ein fruchtbares geistliches Leben zu verstehen.

Wir haben bereits die Liebessaga von Radha-Krishna gesehen, mal sehen, wie die erste Vereinigung von Yoga und Liebe zustande kam. Gehen wir also zurück zum ersten Yogi oder ersten Guru, dem Adi Yogi oder dem Adi Guru. Das ultimative wahre Wissen über Yoga wurde zuerst Shivas wunderschöner Geliebter oder Gemahlin, Parvati, gegeben und schuf die erste Vereinigung von Liebe und Yoga. Die erste Lehre des Yoga wurde auf viele sanfte Arten mit einer gewissen Intimität aufgeklärt. Fast jedes Yoga-Sutra von Shiva hat Devi Parvati als den transzendenten bezeichnet, in dem die Lehren mit äußerster Intimität entstanden sind. Daher bedeutet es, dass es keinen Widerstand gab; sie gab sich Ihm absolut hin und erlangte dieses große Wissen mit Liebe und Verbindung zur Absoluten Wahrheit.

Ich glaube, dass der Guru, der Wissen lehrt, großartig ist, aber der Guru, der Liebe lehrt, ist noch größer. Daher ist die schöne Beziehung zwischen dem Guru und dem Praktizierenden eine göttliche Beziehung der Liebe und Weisheit.

Wir haben bereits die enge Beziehung zwischen Liebe und Bhakti gesehen. Während wir nun auf die Liebe eingehen, kommen wir unserem spirituellen Selbst näher. In der Tat hilft uns die Liebe, uns selbst auf eine ewige Ebene zu umarmen, auf der wir am Ende unsere echte Möglichkeit, Verantwortung und Bestimmung in unserem Leben finden (die Absolute Wahrheit).

Aber diejenigen, die das Unmanifestierte, das, was jenseits der Wahrnehmung der Sinne liegt, das Alldurchdringende, Unvorstellbare, Unveränderliche, Feste und Unbewegliche, vollständig anbeten - die unpersönliche Vorstellung der Absoluten Wahrheit, indem sie die verschiedenen Sinne kontrollieren und allen, solchen Personen, die sich für das Wohlergehen aller einsetzen, gleichgestellt sind, endlich mich zu erreichen.

—Bhagavad Gita 12.4

Reine Liebe ist in dieser Generation selten, sie ist fast unmöglich zu finden, da sie ihre wahre Bedeutung und ihren wahren Zweck verloren hat. Es wurde von verschiedenen Generationen völlig falsch interpretiert. Bloße Kommunikation, Anziehung und Sozialisation sind allesamt der reinen Liebe unterworfen. Daher hat sich sein Zeitraum verkürzt und sein Zweck ist verloren. In dieser Generation haben wir begonnen, die Lust so sehr zu betonen, dass wir die wahre Bedeutung der Liebe vergessen haben. Es ist an der Zeit, dass wir uns an die heilige Kunst erinnern, die Sex wirklich ist. Bei Tantra geht es in erster Linie darum, Liebe, Spiritualität und Sexualität mit Bewusstsein zu vereinen. Wie Marcus Allen sagt: "*Eine tiefe Meditation, eine heilige Kommunion und ein Tanz mit der Kraft der Schöpfung.*"

Ich fühle die Leiden der Menschheit. Die Gesellschaft glaubt nicht und folgt nicht dem Weg der reinen Liebe. Der andere Weg ist also der Weg des Bhakti Yoga. Wie wir bereits gesehen haben, sind Bhakti und Liebe direkt proportional zueinander. Auf diese Weise können wir wahrscheinlich einen Wandel in der Gesellschaft herbeiführen. Es könnte uns helfen, uns selbst zu umarmen und über die Galaxien und Dimensionen hinauszugehen! Klingt unerreichbar, oder? Solche Erkundungen erfordern sowohl Skepsis und Phantasie. Die Vorstellungskraft wird uns helfen, ein Leben zu führen, das vielleicht nie existiert hat, aber sie ist so genau, wie die Realität es jemals sein kann, weil wir Wesen mit immensem Potenzial sind. Wir Menschen schaffen oft eine metaphysische Realität für uns selbst, die für viele andere Kreaturen unglaublich sein mag, aber die Wahrheit ist, dass wir nirgendwo hingehen können. Aber hier ist Skepsis nützlich. Es hilft uns, zwischen Konzeption und Realität zu unterscheiden. So können wir unsere Spekulationen testen. Der Kosmos ist unermesslich reich an eleganten Wahrheiten, an exquisiten Zusammenhängen. Stell dir vor, du könntest solche Erkundungen durchführen, indem du die Ultimative Wahrheit verstehst, das Ultimative Wissen erkennst und die Ultimative Realität annimmst.

Wenn du dem Weg des Yoga rechtschaffen folgst, fühlt es sich an, als würdest du deiner Seele folgen. Vergiss also nicht, mit dem Strom zu schwimmen und zu sehen, wohin dich das Leben führt. Umarme dich mit jeder kommenden Veränderung im Leben, gehe mit dem Fluss weiter und höre weiter auf den Atman. Wenn wir den Weg des Yoga einschlagen, erhalten wir Antworten auf alle unsere Probleme; in ähnlicher Weise werden wir Erleuchtung erlangen, wenn wir uns der Liebe hingeben.

Liebe ist alles. Liebe ist die Materie, die geholfen hat, das Universum zu erschaffen. Der Anfang des Universums ist die Liebe. Liebe ist die mächtigste Sache. Wenn jemand Liebe versteht, wird er sich in diesem Moment dessen bewusst, was ihn umgibt. Man versteht das kosmische Geheimnis des Universums. Dies hilft letztendlich, sich mit dem Paramatman zu verbinden.

Die Welt als Ganzes hat die wahre Bedeutung des Wortes Liebe vergessen. Das liegt daran, dass die Liebe so missbraucht wurde und

gekreuzigt von dem Mann, von dem nur sehr wenige Menschen die wahre Liebe kennen. So wie Öl in jedem Teil der Olive vorhanden ist, durchdringt die Liebe jeden Aspekt der Schöpfung. Aber Liebe zu definieren ist sehr schwierig, aus dem gleichen Grund, aus dem Worte den Geschmack von Liebe nicht vollständig beschreiben können.

eine Orange. Man muss die Frucht probieren, um ihren Geschmack zu kennen. Also, mit Liebe.

—Paramahamsa Yogananda

Heute hat sich Yoga überall auf der Welt verbreitet. Jeder ist sich dieser Kriya bewusst. Ähnlich ist auch die Liebe eine Kriya, die der Mensch besitzt. Ich erinnere mich an eine Kurzgeschichte, in der Sri Joy Baba Lokenath Brahmachari aus dem Himalaya zurückkehrte, um zu predigen und Liebe zu verbreiten. Er war jedoch in einer Form, in der ihn niemand erkennen konnte. Die Dorfbewohner dachten, er sei ein Verrückter und warfen Steine und verwundeten ihn schließlich, bis einer der Dorfbewohner ihn rettete und ihm Unterschlupf gewährte und ihm schließlich beim Bau seines Ashrams in Baradi, Dhaka, Bangladesch half.

Wir müssen uns in unserem Bewusstsein daran erinnern, dass die Regeln der Gesellschaft für unseren ultimativen Zweck keine Rolle spielen sollten. Wir sollten weiter predigen und an den Höchsten glauben (derjenige, der die Ströme in unserem Leben schafft). Wir müssen Vertrauen aufbauen, Liebe lehren und Harmonie verbreiten. Wie selbstlos von Baba Lokenath zu versprechen, zu unserer Rettung zu kommen, wenn wir uns in unseren unruhigen Zeiten an ihn erinnern.

Wann immer du in Gefahr bist, unabhängig von deiner Umgebung, sei es inmitten des Ozeans, inmitten eines Schlachtfelds oder in einem dichten Dschungel, werde ich für deine Rettung da sein.

—Mahayogi Shri Shri Baba Lokenath Brahmachari

Ich erinnere mich an Babas andere Leela. Einst war ein Sanyasi während einer Naturkatastrophe in Samadhi in den Bergen. Baba rettete ihn mit seinen eigenen Händen und rettete den Gottgeweihten. Er ist Teil der hinduistischen Trimurti (Brahma, Vishnu und Maheshwara). In welcher Form wir uns auch an ihn erinnern, er wird immer da sein.

Reine Liebe hat keine Erwartungen, keine Gewalt, keinen Materialismus, keine irdischen Wünsche, nur selbstlose Liebe. Wenn jemand alles loslässt, einschließlich aller Wünsche, und sich in vollen Zügen umarmt, lernt man letztendlich das wichtigste Element im Universum kennen, das jemals existiert hat, die Liebe.

Aber Handlungen, die mit großer Anstrengung von jemandem ausgeführt werden, der versucht, seine Wünsche zu befriedigen, und die aus einem Gefühl des falschen Egos heraus ausgeführt werden, werden als Handlungen im Modus der Leidenschaft bezeichnet.

- Bhagavad Gita 18,24

Friedfertigkeit, Selbstbeherrschung, Strenge, Reinheit, Toleranz, Ehrlichkeit, Wissen, Weisheit und Religiosität - das sind die natürlichen Qualitäten, mit denen die Brahmanen arbeiten.

—Bhagavad Gita 18,42

Yoga, nach der Bhagavad Gita

Yoga ist auch eine Reinigung der Seele. Wenn man sich in der Manifestation des Yoga auflöst, gipfelt man im höchsten Zustand des Nirwana. Yoga ist ein Zustand der Gleichheit. Wenn man im Nichts ist, erst dann wird man in Wirklichkeit mit vollständigem Bewusstsein leben. Auflösen ist der gerechte Prozess des Yoga, der uns hilft, die Ultimative Realität. Wenn man sich in Yoga auflöst, dann ist man frei von allen Fesseln der Gesellschaft, von allen Arten von Leiden und auch von der Sehnsucht nach egoistischen Wünschen. Wenn wir in sie eintauchen, finden wir die Schätze der Glückseligkeit und der grenzenlosen Liebe, die unser Leben bunt macht.

Yoga hilft bei der anspruchsvollen und dynamischen Teilhabe am eigenen Leben. Es ist das ewige, ursprüngliche archetypische Licht, das von der Liebe angetrieben wird. Es verbreitet Harmonie unter den Menschen. Es ist selbstlos, ausgewogen und inspirierend. Es hilft, sich mit dem Höchsten Wesen und allen Lebewesen um den Praktizierenden herum zu verbinden und eine Beziehung aufzubauen. Wenn der Praktizierende beginnt, die Veränderung und die Intimität im eigenen Leben zu spüren, werden Verbindung und Liebe in seinem Bewusstsein geweckt. Er kann die Schönheit des Lebens mit der erwachten Liebe in seinem Bewusstsein spüren. Schließlich verbindet er sich mit seinem Paramatman und versteht den wahren Sinn des Lebens, zusammen mit dem er das ewige Wesen der Liebe und Bhakti verstehen wird. Man bekommt auch die Kraft der Kommunikation und der innigen Verbindung mit dem gesamten Universum und verbindet sich über die Manifestation des Universums hinaus und verbindet sich schließlich mit den ewigen Reichen. All dies ist möglich mit der einfachen, aber mächtigen Kraft der reinen und ewigen Liebe. Die reine Kraft, die uns dem Geheimnis des Universums nahe bringt und uns mit der Schönheit unserer Existenz (dem komplexesten Leben) verbindet.

Solch eine befreite Person fühlt sich nicht zu materiellem Sinnesvergnügen hingezogen, sondern ist immer in Trance und genießt das Vergnügen im Inneren. Auf diese Weise genießt der selbstverwirklichte Mensch unbegrenztes Glück, denn er konzentriert sich auf das Höchste.

—Bhagavad Gita 5.21

Ich glaube fest daran, dass Emotionen, die die menschliche Natur besitzt, zu den größten und komplexesten Emotionen gehören, die jemals in der Schöpfung existiert haben. Es ist so schwierig, die Herangehensweise des menschlichen Geistes zu verstehen. Vor allem die Gefühle von Glück, Schmerz und Schmerz. Es kann in Stücke zerbrechen und dann gleichzeitig die Stücke aufnehmen und sich wie der Phönix aufbauen, der aus dem Feuer aufsteigt. Daher heißt es immer, sobald man die Kontrolle über seinen Geist übernimmt, kann er die Kontrolle über sein Leben übernehmen.

Yoga ist eine innige Verbindung mit dem gesamten, ewigen Universum. Diese Bhakti und Liebe sind jenseits von allem in diesem manifestierten Universum. Mit dieser großartigen Kraft der ewigen Liebe können wir über die unendlichen Reiche hinausgehen und das Unmögliche möglich machen.

Wenn wir den Paramatman erleben, fühlen wir Liebe, werden glückselig und unser Leben wird schön. Wir können die Liebe überall spüren, in uns selbst, im Geschmack des Wassers, in den beruhigenden Strahlen des Mondes, der Sonne und all jener schönen Sterne, die große Konstellationen bilden, den heiligen Mantras und Schriften aus den Veden und verschiedenen Upanishaden. Auch im reinen Duft der Natur und des Lebens in allen Wesen.

Gita und Liebe

In dieser Ära wird die Liebe fälschlicherweise als oberflächlicher Kitzel bezeichnet, der dem Körper Befriedigung bietet. Liebe ist eines der am häufigsten verwendeten und doch missbrauchten Wörter im Leben der Menschheit. Menschen verwechseln moh (Anhaftung oder Anziehung) und prem (reine, wahre Liebe). Prem ist ewig. Es ist jenseits aller materialistischen Wünsche und erwartet nichts in return. Es ist die Verbindung von Energien und Seelen, die es robust und ewig macht. Es ist lebendig, auch wenn sich die beiden Beteiligten nicht gesehen haben. Sri Krishna und Devi Rukmani sind die am meisten verehrten Beispiele dafür. Devi Rukmani war in reiner und ewiger Liebe zu Sri Krishna, noch bevor er ihn je gesehen hatte.

Die Menschen lieben, aber manchmal vergessen sie, die notwendigen Taten zu tun, um ihre reine Liebe zu retten, bis man ihr Bewusstsein erweckt - ihre Liebe ist Hari oder Radha-Krishna. Wenn man nur dann erwacht, werden Zeit, Ort, Gesellschaft oder sogar das eigene Schicksal zur Illusion, und alles hängt vom eigenen Karma ab.

Wenn man den Weg nicht findet, hat man etwas Angst vor der Gesellschaft, der Zeit, dem Ort, dem Schicksal oder allem, was ihnen in den Weg kommt. Dies beweist, dass es muh ist. Wenn man nicht für seine Bhakti, Liebe oder Guru kämpfen kann, war es nie reine Liebe. Man hat seine wahre Bedeutung nie erkannt. Wegen der Lektion lehrte Radha-Krishna die

Menschheit, wenn wir sie verstehen und ihr dann folgen, kann uns niemand davon abhalten, Befreiung, Bhakti oder Liebe zu erlangen.

Bhagavad Gita ist die schriftliche Schrift, in der Bhakti und Liebe erklärt werden. Sri Krishna lehrte Liebe nicht nur, sondern demonstrierte sie auch auf viele verschiedene Arten. Es ist die einzige heilige Schrift, die uns universelle spirituelle Liebe anstelle von trockenen religiösen Überzeugungen lehrt. Also lasst uns Liebe verbreiten und auch geliebt werden. Die Bhagavad Gita ist ein Weg der Offenbarung der Kombination von Liebe und Bhakti, die der Menschheit die Liebe des Göttlichen zur Menschheit und die Liebe der Gottgeweihten (Menschheit) zum Göttlichen (Paramatman) zeigt.

Die Liebe Gottes, die Liebe des Geistes, ist alles verzehrend. Sobald du es erfahren hast, wird es dich immer weiter in die ewigen Reiche führen. Diese Liebe wird dir niemals aus dem Herzen genommen werden. Es wird dort brennen, und in seinem Feuer wirst du den großen Magnetismus des Geistes finden, der andere zu dir zieht und alles anzieht, was du wirklich brauchst oder begehrst.

—Pramahamsa Yogananda

Der Weg des Bhakti Yoga belebt die Menschheit. Es hilft uns, unsere Seelen mit reiner Liebe oder durch ewige Liebe für jede Seele zu heilen. Dem Pfad der Bhakti zu folgen, verwandelt Bhakti schließlich in

Liebe und Respekt gegenüber dem eigenen Guru oder gegenüber der Manifestation des Universums.

Ich bin die Überseele, o Arjuna, die in den Herzen aller Lebewesen sitzt. Ich bin der Anfang, die Mitte und das Ende aller Wesen.

—Bhagavad Gita 10.20

Krishna leitet sich von einem Sanskrit-Wort ab, Krsh, was bedeutet, zu sich selbst zu ziehen. Er ist der Guru von Bhakti oder Liebe und der innewohnenden Energie, die in jeder einzelnen Menschheit vorhanden ist. Daher ist es keine Religion oder irgendein sentimentaler Glaube, dem Pfad der Bhakti zu folgen; stattdessen ist es ein Pfad des folgenden Selbst, die Stimme der Liebe, der Wahrheit und der Selbstannahme.

Von allen Schöpfungen bin Ich der Anfang und das Ende und auch die Mitte, o Arjuna. Von allen Wissenschaften bin Ich die spirituelle Wissenschaft des Selbst, und unter den Logikern bin Ich die abschließende Wahrheit.

—Bhagavad Gita 10.32

Es gibt eine stille Dimension, die als Buddhi bekannt ist. Hier werden die Funktionen und Prozesse der Energien unseres Körpers und seiner Umgebung ausgeübt. Sie kann durch Meditation geweckt werden. Einmal erleuchtet, können wir die Kräfte um uns herum spüren und entsprechend unterscheiden, aber wir müssen uns daran erinnern, dass es nicht einfach ist, den Unterschied zwischen Wahrheit, Anhaftung, Hingabe und Abhängigkeit zu erkennen. Dies ist der Weg, um die ultimative Wahrheit zu kennen.

Ihre Form ist wegen ihres grellen Glanzes, der sich auf allen Seiten ausbreitet, wie loderndes Feuer oder der unermesslichen Ausstrahlung der Sonne schwer zu erkennen. Doch ich sehe diese leuchtende Form überall, geschmückt mit verschiedenen Kronen, Keulen und Scheiben.

—Bhagavad Gita 11.17

Krishna bittet uns zu geben, aber er ist auch der Geber, der Herr des Lebens. Er ist Liebe. Er ist der Strahl der Hoffnung am Ende der dunklen Tunnel, unserer dunklen Zeiten und schlechten Tage. Wenn wir lieben, vollbringen wir Kriya wie Geben, Empfangen, Teilen und Vereinigen. Das ist die Natur der Liebe.

Wir können unsere Hingabe und Liebe auf viele Arten fördern. Chanten ist eine der Möglichkeiten, unsere Liebe zu zeigen, während wir entweder im heiligen Klang singen oder meditieren. Infolgedessen wird man näher an seine Geliebte oder die ewige Wohnstätte herangezogen.

Der natürliche Zustand dieses Universums ist Anziehung, und darauf folgt zweifellos die ultimative Trennung. Trotzdem ist Liebe der biologische Impuls der Vereinigung im menschlichen Herzen; und

obwohl es selbst eine bedeutende Ursache des Elends ist, die angemessen auf das richtige Objekt ausgerichtet ist, bringt es Befreiung.

—Swami Vivekananda

Der heilige Gral der Hingabe kann bezeugt werden. Das großartige Yoga, Bhakti Yoga, wurde durchgeführt. Wobei die Beziehung keine Rolle spielt, widmet sich der Guru dem erleuchteten Schüler. Das ist das ultimative Wissen. Die Ringe repräsentieren die Intensität des Wissens, derjenige, der sie vollständig wahrnimmt, ist der vollständige Mensch, das erleuchtete Wesen. Wissensvermittlung ist überall, Wahrnehmen ist die Aufgabe des Lernenden.

Ignoranz Zum Bewusstsein

Unwissenheit ist der Ursprung oder das Feld aller anderen Leiden, entweder ruhend oder inaktiv, vermindert (aus verschiedenen Gründen), überwältigt durch andere Ursachen oder vollständig erregt.
—Patanjali Yoga Sutra 2.4

Wenn wir nicht in unsere kosmische Quelle hineingekommen sind und nicht mit dem Unendlichen verbunden sind, sind wir wie Kinder, die ihren Weg verloren haben, sich ziellos bewegen und ihren tatsächlichen Wert und ihren richtigen Weg nicht kennen. Die Wurzel aller Hindernisse beginnt, wenn die unwirkliche, phänomenale Welt von den Sinnesorganen als real wahrgenommen wird. Das Ego ist unser Avatar; wir sind Menschen. Wir sind das unendliche Bewusstsein hinter der Erfahrung. Wir haben die Macht, die Illusionen der Welt zu bezeugen und gleichzeitig die Freuden der Welt zu genießen, denn die Fähigkeit dazu zu haben, ist ein Segen. Wir betrachten uns selbst in Form des Körpers, und diese Illusion ist die Ursache aller Probleme. Wir sind jetzt als Individuen geteilt worden, und dann ist unsere Mutter Erde in kleine Teile geteilt worden, was zu einem immensen Blutvergießen der Menschheit geführt hat. Wir verletzen uns aus Unwissenheit, und diese arme Menschheit ist sich dessen nicht bewusst. Wenn man das versteht, dann könnten wir sehen, dass alles passt. Wenn wir uns umschauen und nur Liebe und Freude sehen können, dann können wir anfangen, die Sprache der Seele zu sprechen, unsere Herzen zu erwecken, und unsere Chakren werden anfangen, aktiv zu funktionieren.

In blendende Dunkelheit treten diejenigen ein, die Unwissenheit anbeten, und diejenigen, die Unwissenheit anbeten, und diejenigen, die sich an Wissen erfreuen, treten gleichsam in noch größere Dunkelheit ein.

—Mundaka Upanishad, Abschnitt 1, Shloka 5

"Jede Idee ist eine Ursache, und jeder Umstand ist eine Wirkung."

Wir befinden uns in einem Zustand der Mitschöpfung mit dem Universum; daher schafft das, was wir mit unseren Gedanken, Energien, Handlungen und Entscheidungen nach außen projizieren, die Version der Realität, in der wir leben. Es wird immer weltliche Umstände geben, die außerhalb unserer Kontrolle liegen, aber wir können kontrollieren, wie wir darauf reagieren. Schließlich sind wir nur ein fokussierter Aspekt des Bewusstseins, erleben das Leben durch die individualistische Erfahrung, ein Mensch zu sein und ein Ego zu haben. Daher ist es unabdingbar, Verantwortung für unsere Gedanken und deren

Realität zu übernehmen. Wir müssen die Konsequenzen, die sich daraus ergeben, in die Hand nehmen. Wenn wir unsere Realität kontrollieren wollen, ist der erste Schritt, unsere Gedanken in die Hand zu nehmen. Wenn unsere Gedanken negativ sind, wenn unser Geist weiterhin Gedanken von Hass und Rache, Gier und Eifersucht, Versagen und Brechen spielt, wie erwarten wir dann überhaupt, dass unsere Realität positiv ist? Da unsere Realität das projizierte Ergebnis unserer Gedanken ist, wird es wichtig, die Verantwortung für unsere Bewertungen zu übernehmen, nicht nur, um unabhängig zu sein und andere in schwierigen Zeiten nicht zu beschuldigen, sondern auch, um positive Gedanken zu haben, die uns helfen, eine freudige positive, glückselige Realität zu schaffen. Es liegt daran, dass sich das, was wir im Inneren erschaffen, im Äußeren in der Form des Lebens manifestiert, das wir erschaffen. Das dritte Auge oder der Punkt zwischen den beiden Brauen ist ein Geschenk des Lebens. Es ist das Geschenk, das man erhält, wenn man den äußeren und inneren Realitätspfad zum Selbst reist. Einer der wertvollsten und entscheidende Möglichkeiten, seine psychischen Gaben zu nutzen, besteht darin, zu lernen, zu lesen, was im eigenen Körper passiert. Entgifte dich selbst.

Was ist Liebe?

Die eine Substanz, die das Universum aufrechterhält, ist die Liebe. Liebe kann einen zum Leben erwecken. Mit der Liebe kommt Dharma, und mit der Liebe kommt Bhakti. In reiner Liebe braucht man den anderen nicht, um einen zurück zu lieben. Man kann alles und jedes lieben. Liebe ist eine Eigenschaft, die man in sich haben muss. Wir müssen uns daran erinnern, dass die Ausrichtung jedes Sterns und Planeten jedem wahren Praktizierenden verspricht, dass er die Liebe geben wird, die er verbreitet. Also, verbreite weiter Liebe; sie wird zwangsläufig zurückkommen. Dies ist das Naturgesetz und die Regel des Universums.

Du musst weiterhin deinen Teil der Arbeit verrichten und dir keine Sorgen machen, wissen, dass das Universum zuschaut, das Universum jede Sekunde mit dir kommuniziert, einfach zuhört und mit den Sternen kommuniziert. Zum Beispiel betrachtet eine Seele in einem weit entfernten Wald Orion (das Sternbild) als den besten Freund und Rigel (sein hellster Stern) wird zur Liebe. Liebe ist jenseits jeder physischen Existenz. Man kann sich in alles und jedes verlieben.

Wenn du träumst, dann wird das deine gegenwärtige Realität als Wachzustand. Daher lebst du als Praktizierender in völliger Ruhe in vollen Zügen, obwohl das Unterbewusstsein sich bewusst ist, dass, wenn der Praktizierende im Wachzustand ist, seine Traumrealität verblassen wird.

Oder ruht auf dem Verständnis von Träumen und Tiefschlaf.

—Patanjali Yoga Sutra 1,38

Liebe ist rein. Es wird gefühlt; es ist unerklärlich. Genau wie wenn man ein Ziel erreichen will, was ist der wichtigste Teil davon? Die Reise, zu leben und zu fühlen. Wenn man Geschäfte macht, dann wird sich der Praktiker um seinen Gewinn und Verlust kümmern. Aber Liebe ist kein Geschäft; es ist Ehrfurcht, Ehre und Anbetung. Zum Beispiel können wir die schöne Liebessaga von Radha Krishna sehen, wo beide einander verehren, Krishna verehrt Radha und umgekehrt.

Eine Beziehung, in der man an seinen geliebten Tag und Nacht denkt, diesen einen Namen für immer singt und sich für immer diesem Wesen widmet, ist die Beziehung, die ein Bhakti-Yogi und Paramatman teilen. Es ist eine ausgiebig gebende Beziehung, in der der Praktizierende verschiedene Handlungen ausführt, um dem Paramatman Glückseligkeit zu schenken. Dies ist die einzigartige und schöne Beziehung zwischen Bhakti und Liebe. Der Paramatman liebt solche Anhänger, und man muss einen solchen Zustand erreichen, wenn man Yoga mit reinem Herzen ausübt. Wir müssen verstehen, wenn man es nicht erreicht, dann hat man seine Bedeutung nie wirklich verstanden. Eines der größten Beispiele für eine solche Liebe hat der eheliche Liebhaber Meera von Sri Krishna gezeigt.

Reine Liebe kann niemals durch die Regeln der Gesellschaft eingeschränkt werden. Die Liebe wird einen befreien. Es befreit und befreit all diese Menschen von Knechtschaft oder Moh. Wenn es reine Liebe gibt, kommen die Energien des ganzen

Universums, um einem Wachstum in jedem Aspekt zu verschaffen. Der Behandler verschmilzt in den Paramatman mit Liebe. Stattdessen löst sich das individuelle Bewusstsein in das universelle Bewusstsein auf. Das ist reine Liebe, oder in einer anderen Welt ist es das Karma des Bhakti Yogi. Zum Beispiel teilen die gopis von Vrindavan diese schöne Beziehung zu Sri Krishna, die ihnen half, sich in Ihm aufzulösen.

Liebe und Ego

Ein Freund ist jemand, der unseren Schmerz teilt und dadurch die Intensität reduziert und schließlich heilt. Man wird rein, wenn man in einem glückverheißenden Fluss badet, aber der Fluss wird nicht unrein. Daher sollte man die wahre Bedeutung von Freundschaft erfüllen und ein natürlicher Heiler werden. Ich glaube, die Menschen sind weitgehend einsam geworden, sie sind sich ihres Aufenthaltsortes nicht bewusst, und Freundschaften haben in diesem Kali-Yuga ihre Bedeutung verloren, es ist fast unmöglich geworden, wahre Freundschaft zu finden. Menschen finden sich unter Gleichaltrigen wieder, die sie Freunde nennen, leider ist ihre Existenz im Leben des anderen vorübergehend und vage geworden. Wahre, selbstlose Freundschaft und selbstlose Liebe zu einem lieben Freund fehlen schmerzlich; wir sind egoistisch und aggressiv geworden, wir versuchen nicht einmal, eine Beziehung zu retten, und deshalb finden wir jedes Jahr Liebe (moh). Aber wir verstehen nicht, was wir Liebe nennen, ist nichts anderes als moh (Anhaftung), denn wenn wir ihr wahres Wesen verstehen würden, dann wäre das Ego nicht da, und es würde einem nichts ausmachen, sich vor dem Geliebten wegen der Liebe zu beugen. Wenn Ego, Aggression und egoistische Mittel ein Individuum übernehmen, dann ist es moh. Es ist ein Eigensinn, der die Beteiligten im Laufe der Zeit vernichtet.

Unsere Generation braucht dringend reine Liebe, auch wenn sie in Form von Freundschaft ist, aber wir brauchen sie. Das Universum braucht heute reine Liebe; andernfalls wird diese Zerstörung und dieser Krieg der Illusion nicht enden. Wenn wir es stoppen müssen, dann müssen wir selbst zur Liebe werden. Nur wenn wir Liebe geben, bekommen wir Liebe zurück. Verbreite Liebe, werde Liebe, und das Universum wird reine Liebe zurücksenden. Vergiss Ego, Mhm und Aggression; wir müssen solche negativen Eigenschaften aus unserem Kopf aufgeben. Früher oder später werden wir die Liebe um uns herum wahrnehmen. Um uns oder unser reines Bewusstsein nicht an solche Emotionen zu verlieren, müssen wir Liebe entwickeln. Denke daran, dass Liebe für Menschen natürlicher ist als Hass. Um Veränderung zu begrüßen, muss man Liebe werden.

Jivatma

Indem man über das Herz nachdenkt, kann man beginnen, den Geist zu verstehen.

—Patanjali Yoga Sutra 3.34

Das Anahata-Chakra ist das Herzzentrum (das einzigartige Portal im Brustbereich, das uns in das unendliche spirituelle Herz einführt), das sich im Herzgeflecht befindet. Hier in der Anahata ist das Bewusstsein als Klang oder Sabda Brahman zu hören. Hier kommen der Puls des Universums und die menschliche Existenz in Kontakt, anstatt sich ineinander aufzulösen. Dies ist auch der Wohnsitz des Jivatma oder der Seele eines Individuums.

Das Herz ist das Zentrum des Selbst, und das Selbst ist das Zentrum der Zentren.

—Bhagavan Ramana Maharshi

Wir müssen unser Herz als eine allgegenwärtige Realität (die ultimative Realität) verstehen, und das Verständnis seiner Manifestation wird als dahara vidya oder „Wissen des Herzens" bezeichnet. Das Bewusstsein des Herzzentrums ist ein instinktiver Beweis. Es ist das Bewusstsein der Wahrheit, reine Liebe, unvermeidliche Liebe, die eine reine Gesellschaft ist; ein ewiges Band der Liebe wird im Bewusstsein gefühlt.

Hier liegt das Herz, das dynamische spirituelle Herz. Es heißt hridaya, die sich auf der rechten Seite der Brust befindet und für das innere Auge eines Adepten auf dem spirituellen Weg sichtbar ist.

Durch Meditation kannst du lernen, das Selbst in der Höhle dieses Herzens zu finden.

—Bhagavan Ramana Maharshi

Es ist die Schwingung des Ganz-Seins. Es steckt eine schöne Harmonie und Erfüllung darin. Die Einfachheit der Seele, Freiheit, Liebe und Freude - jedes einzelne Bewusstsein ist das Ergebnis des Bewusstseins des Herzzentrums. Dies ist der Weg der Abstimmung auf die unendliche Dimension der eigenen Existenz. Diesen Weg zu gehen, hilft dem Praktizierenden, über individuelle Emotionen, Eigensinne und sentimentale oder selbstsüchtige Wünsche hinauszugehen. Dies ist eine der wichtigen Möglichkeiten, der Verschmelzung mit der eigenen göttlichen Natur einen Schritt voraus zu sein.

Während man über die Objekte des Sinnes nachdenkt, entwickelt eine Person eine Anhaftung an sie, und aus dieser Anhaftung entwickelt sich Lust und aus Lust entsteht Wut.

—Bhagavad Gita 2,62

Aus Wut entsteht völlige Verblendung und aus Verblendung Verwirrung der Erinnerung. Wenn das Gedächtnis verwirrt ist, geht Intelligenz verloren, und wenn Intelligenz verloren ist, fällt man in den materiellen Pool.

—Bhagavad Gita 2,63

Existenz des Paramatman

Wenn jemand versucht, zu argumentieren, anstatt seine Existenz in Frage zu stellen, beantwortet diese Person selbst die Frage. Wenn eine solche Frage jemals auftaucht, dann ist das der genaue Beweis für ihre Existenz. Wenn jemand nach Beweisen fragt, beantwortet Sanatan Dharma sie durch verschiedene Schriften, wie Veden, Puranas und viele andere Upanishaden, die in diesem System geschaffen wurden und sich weiterhin addieren werden. Das Bewusstsein des Höchsten Unendlichen ähnelt dem Wissen um den Zustand der göttlichen Ausdehnung des Tauchens in den Ozean des Bewusstseins.

Er ist die Seele des Universums; Er ist unsterblich; Er ist die Herrschaft; Er ist der Allwissende, der Alldurchdringende, der Beschützer des Universums, der Ewige Herrscher. Niemand sonst ist da, um die Welt auf ewig effizient zu regieren. Derjenige, der am Anfang der Schöpfung Brahmâ (das universelle Bewusstsein) projizierte und der ihm die Veden übergab - auf der Suche nach Befreiung suche ich Zuflucht bei jenem Strahlenden, dessen Licht den Verstand in Richtung des Âtman lenkt.

—Shvetâshvatara-Upanishad, VI. 17 – 18

Atman

Wer meditiert, kann seiner Existenz nicht unbekannt bleiben. Man entsteht dann, und der Praktizierende wird zum meditativen Objekt selbst. Das eigene Karma wird dann zur Handlung von Vaishvanara Atman. Karma ist ein Geschenk, das eine Lektion für das Wachstum der Seele bringt. Sein Karma wird dann zu einem kosmischen Opfer. In ähnlicher Weise war nach Paramatmans Ansicht die Schöpfung das universelle Opfer.

Yoga

Wenn man anfängt, Trauer und Enttäuschung mit Gleichmut zu betrachten, kann man beginnen, für das Wohlergehen der Menschheit zu arbeiten. Das ist das Ziel von Yoga.

Pranayama zielt darauf ab, das Prana in die ruhigen Teile unseres Systems zu leiten. Dies wird uns bei den verschiedenen grundlegenden Erweckungen weiter helfen und unsere Sensibilität für unsere Wahrnehmung erhöhen. Solche Praktiken führen zur Öffnung des Sushumna-Durchgangs. Wenn die Pingala zu funktionieren beginnt, stimmt sich nur ein Teil des Gehirns auf die Schwingungen des Universums ein. Aber wenn die Sushumna zum Spielen kommt, aktiviert sich das ganze Gehirn und die physischen Handlungsorgane (Karmaindryas) und die mentalen Organe (Jnyanendryas) beginnen in ihrer höchstmöglichen Form zu funktionieren.

Der Praktizierende fühlt sich schließlich sowohl im spirituellen als auch im weltlichen Leben super sensibel. Man beginnt die Schwingungen und

Frequenzen zu analysieren. Man ist in der Lage, eine Person mit einem menschlichen Kontakt von innen zu verstehen. Das ist Yoga.

Event-Horizont

Der Eintritt in die Dunkle Materie wird als Ereignishorizont bezeichnet. Wenn sich ein Objekt oder Bewusstsein ihm nähert, wird jede Energie dieser Materie eingesaugt und lässt nur die Masse des Objekts zurück, was bei seiner weiteren Reise helfen würde. Laut Shastra hält das Ego sich selbst aus, bis es Tapaha Loka (die Welt der Austerität) erreicht. Sobald man Tapaha Loka erreicht, löst sich das Ego in das universelle Bewusstsein auf. Schließlich wird man über die große Leere oder das Nichts oder Shivam erleuchtet.

Wir meditieren über die göttliche Pracht des Savitur, der höchst wünschenswert ist und der Eine (Universelle

Bewusstsein). Möge er unsere Gedanken zur Weisheit lenken.

—Rig Veda, Drittes Mandala, 62. 10

Gesamtbewusstsein

Man betrachtet sich selbst als ein menschliches Wesen, das nach spirituellem Erwachen sucht, aber wir erkennen nicht, dass wir spirituelle Wesen sind, die versuchen, mit einem menschlichen Erwachen fertig zu werden. Wenn wir anfangen, uns selbst als unser wahres Selbst zu betrachten, ist das genau der Zeitpunkt, an dem wir den wahren Sinn des Lebens verstehen werden. Wir wissen, warum wir hierher gekommen sind und wofür wir hierher gekommen sind. Dies ist das Wissen unserer Kriya, das uns hilft, uns als Person zu entwickeln.

Durch Kontemplation über die Helligkeit im Kopf entstehen Visionen großer Siddhas.
—Patanjali Yoga Sutra 3.32

Jeder Weise hat unterschiedliche Wahrnehmungen über das Leben und den Dharma, und da liegt der Konflikt. Kein Philosoph, Weiser oder Gelehrter hat die vollständige Wahrheit verstanden. Die ultimative Wahrheit liegt im Verständnis der Seele, des Geistes und des Herzens. Wenn die individuelle Seele oder Prana dann mit dem Universellen Bewusstsein verschmilzt, ist es totales Bewusstsein. Dies ist als die ultimative Wahrheit bekannt.

Eines Tages, als Mahayogi Shri Shri Baba Lokenath Brahmachari in tiefer Meditation war, erlebte sein Guruji Shri Bhagaban Ganguly plötzlich den verheißungsvollsten Moment der Ewigkeit. Er wurde Zeuge, wie Baba Lokenath Erleuchtung erlangte. Er ging darüber hinaus und erlangte das Universelle Bewusstsein. Er sah, wie Baba Lokenath die Form von Lord Shiva annahm, während er in tiefer Sadhana war, und damit dem Universum erklärte, dass er Shiva-Aikya, Einheit mit der transzendenten Realität, erlangte. Von diesem Moment an entstand das Mantra „Joy Shiva Lokenath" und verbreitete sich in der Welt.

Dies zeigt Bhakti, die wahre reine Liebe, wo man den Avatar seiner Aradhya hinführt. Es ist ein Prozess intensiver Liebe, Hoffnung und Glauben, der dem Praktizierenden hilft, die ewige Wohnstätte und das wahre und endgültige Wissen zu erlangen. Wenn man sich intensiv in den Paramatman verliebt, wird es die wertvollste Beziehung, die man innerhalb und außerhalb dieses Universums haben kann. So beginnt der gesamte Kosmos, dem Praktizierenden zu helfen, Liebe auf jede mögliche Weise zu empfangen. Es wird einen zum Tanzen bringen, und die Chakren des eigenen Körpers werden aktiv, so dass man über diese materialistische Welt hinausgeht. Auch mit immenser reiner Liebe kann man der Menschheit auf verschiedene Weise helfen, wie wir gesehen haben, wie Mahayogi Shri Shri Baba Lokenath Brahmachari kam in das Dorf Baradi und zeigte seine Leelas und half der Menschheit.

Wir können beobachten, dass Baba Lokenath weiterhin dem Pfad des Adi Guru folgte und mit reiner Liebe und reinen Absichten das Nichts oder das Shivam-Bewusstsein erlangte. Diese Manifestation ist erstaunlich schön. Das Universum wird für immer dankbar sein, Zeuge eines so kostbaren Moments zu sein. Dies zeigt uns die intensive Beziehung zwischen Baba Lokenath und Lord Shiva und wie sie diese schöne Beziehung teilten und Baba Lokenath schließlich in einen natürlichen Heiler verwandelten. Es ist erstaunlich, welche Fähigkeiten dieses Universum hat. Daran sollten wir niemals zweifeln. Lasst uns Liebe verbreiten und Liebe werden. Der Mensch hat eine kurze Lebensdauer. Lasst es uns nicht zerstören; verbreitet stattdessen Liebe, Frieden und Harmonie.

Wenn man sich verliebt, wird man mit den Farben der Liebe lebendig. Wir müssen glauben und uns in dieser intensiven Tiefe der Farben der Liebe des Universums ertränken. Nichts ist wichtiger als die Liebe im Universum. Liebe ist alles, sobald man sie annimmt, umarmt und fühlt. Liebe wird einem helfen, intensiv in Frieden zu leben. Es wird einem Erlösung bringen. Es ist das Allerwichtigste im Leben. Folgt also weiterhin dem schönen Weg der Liebe, Hatha Yoga, Raja Yoga, Karma Yoga, Jnana Yoga und Bhakti Yoga. Durch diese erlangen wir das ultimative Wissen und erfüllen den Zweck des menschlichen Lebens.

Heil Mahayogi Shri Shri Baba Lokenath Brahmachari!

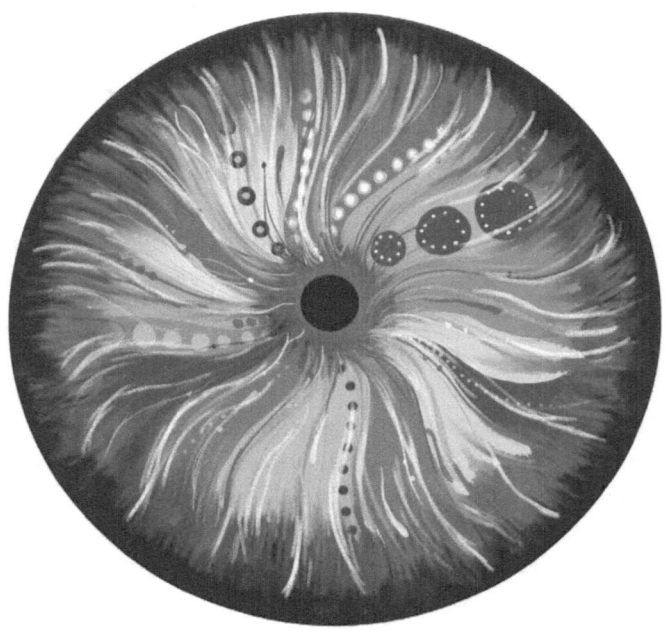

Diese Illustration eines Auges kann auf verschiedene Weise interpretiert werden - die Schichten des menschlichen Geistes, die die ultimative Wahrnehmung verbergen; das Auge scheint ein Mosaik zu sein, das somit als eine Anordnung abstrakter Phänomene interpretiert werden kann, die zu Wahrnehmungen führen.

Perspektiven

Dieses Kapitel befasst sich mit der Perspektive verschiedener Menschen aus verschiedenen Altersgruppen, geografischen Standorten und unterschiedlichen Gedanken. Die Idee ist, allen eine makroökonomische Perspektive zu bieten, da es sich um eine Vielzahl von Meinungen zu den bisher diskutierten Themen handelt. Wenn wir dies verstehen, würden wir ein breiteres Wissen darüber erhalten. Die Menschen, deren Perspektiven hier geteilt werden, sind echte Menschen, die nicht allzu sehr an Spiritualität gewöhnt sind, sondern ein normales Leben führen. Das macht ihre Perspektive meiner Meinung nach noch bedeutsamer, da wir jetzt eine Vorstellung von der Wahrnehmung von Mitmenschen haben. Wir können sehen, wie es eine zugrunde liegende Verbindung zwischen all diesen unterschiedlichen Personengruppen gibt.

Die Ansichten eines 13-jährigen Dorfmädchens:

Religion ist Liebe zur Menschheit. Wir sind die Parzellen des Paramatman, der auch Zuflucht und Hoffnung der Religion ist. Paramatman ist unser Höchster Kontrolleur, und wenn wir uns mit äußerster Bhakti an Ihn erinnern, kommt Er uns zu Hilfe. Liebe ist Karma - es ist das, was man zeigt und die Handlungen, die man zum Wohle seiner Geliebten ausführt. Liebe und Bhakti sind eins. Wenn man jemandem gegenüber Bhakti hat, dann nur, weil man den anderen liebt und respektiert eins. Nur wenn jemand liebt, kann man Bhakti und Respekt haben und umgekehrt. Religiöse Schriften sind eine Form äußersten Wissens.

Wir sind vom Materialismus geblendet. Wir sind damit beschäftigt, Geld zu verdienen und vergessen langsam die Bedeutung der Liebe. Aber wir können nur ohne Geld leben, wenn wir reine Liebe haben. Materialismus schafft Klassenunterschiede, aber die Armen haben etwas, das den Reichen normalerweise fehlt: Liebe, Freundschaft und Fürsorge. Für die Verbesserung der Menschheit brauchen wir reine Liebe, und es ist ein schöner Prozess des Gebens, denn was man gibt, kommt zu ihnen zurück. Gutes Karma, Bhakti und Respekt werden Liebe bringen; daher wird das Wachsen und Umarmen reiner Liebe uns helfen, die Menschheit zu verbessern.

Die Ansichten einer 28-jährigen Frau:

Religion ist von Menschen gemacht. Daher folgen wir einer bestimmten Religion. Die alten Menschen machten diese Spaltungen, bestehend aus Religion, Kaste und Glaubensbekenntnis. Wenn wir alte Texte lesen oder hören, folgen wir einem bestimmten Gott. Gott ist jedoch eine imaginäre Figur, die sehr mächtig ist und auch für die Kontrolle des gesamten Universums verantwortlich ist. Daher folgen wir am Ende bestimmten Traditionen, die seit Ewigkeiten befolgt werden. Gott ist mächtig. Er hat eine Lösung für alle Probleme, da Er die einflussreichste Figur im gesamten Universum ist. Daher ist Er in Zeiten der Not unsere Zuflucht. Es ist eine Ewigkeit her, seit Gott seine Menschwerdung sandte und uns Ihn in verschiedenen Gestalten und Formen bezeugen ließ. Es gibt also eine Quelle, aus der sie sich entwickelt haben, und sie haben sich weiterentwickelt, und in der heutigen Zeit haben wir so viele Götter, denen wir folgen. Es muss höchste Macht darüber geben alle; da wir Vorfahren haben, haben auch sie Vorfahren, und es muss eine stärkste Quelle geben. Liebe kann in viele Formen unterteilt werden: Gott lieben, sich selbst lieben, Familie oder Freunde. Liebe ist eine reine Bindungskraft der Natur, die unbewusste Individuen daran hindert, sie als Anpassung wahrzunehmen. Man kann viele Dinge aufgeben, wie das Aufgeben des eigenen Selbst, von Wünschen und Wünschen. Wenn es reine Liebe ist, dann ist es eine Hingabe, und man kann seine anderen kostbaren Dinge aufgeben.

Wenn die Liebe nicht da ist, dann ist alles leer und materialistisch. Liebe und Bhakti sind miteinander verbunden. Wenn man ein Bhakt ist, dann muss man das Objekt seiner Zuneigung wirklich und von ganzem Herzen lieben, sei es eine Person, Gott oder seine Leidenschaft, es kann alles von Natur aus sein.

Heutzutage fehlt es den Menschen an Freundlichkeit und Liebe. Alle religiösen Schriften sind gleich. Letztendlich beginnen sie mit demselben Punkt und enden mit demselben. Wir verstehen nicht, dass es letztlich die gleichen Prinzipien und Lehren sind, die uns alle Religionen lehren. Sie alle haben einen positiven Einfluss auf die Gesellschaft, und keine Religion verbreitet Hass. Es ist etwas, das die Menschen in sich selbst entwickelt haben. Alle religiösen Schriften sind voller Positivität, guter Moral, Ethik und Lehren. Man muss jedes dieser Bücher lesen und befolgen, da sie Antworten auf alle Probleme im Leben haben. Die Menschheit muss sich selbst verbessern, und es gibt noch viel mehr zu tun.

Uns fehlt es an Wissen, humanitären Gründen oder gegenseitiger Hilfe. Die Menschheit sollte grundlegende Emotionen einprägen, die wahrscheinlich sogar die Tierarten haben, die uns aber fehlen. Es besteht die Notwendigkeit, die Kinder zu erziehen, nicht in Bezug auf buchmäßiges Wissen, sondern in moral, Ethik, Grundprinzipien, Freundlichkeit und Gefühl gegenüber anderen und liebevolle Natur. Zukünftige Generationen sollten die alten Schriften lesen, um etwas Wissen und positives Denken einzuprägen. Abschlüsse und buchhalterisches Wissen sind sekundäre Faktoren. In erster Linie sollten wir gute Menschen sein und für die Verbesserung der Menschheit arbeiten: einander zu helfen, zu respektieren und zu lieben sollte Teil der eigenen Psyche werden.

Wir müssen unsere Natur schützen und dadurch unsere Umgebung zu einem perfekten Ort zum Leben machen, nicht nur für uns heute, sondern auch für zukünftige Generationen. Wenn wir die Natur zerstören, dann wird die Natur einen wieder zerstören. Wenn wir die Umwelt ernähren, können wir eine bessere Unterkunft schaffen.

Darüber hinaus nimmt die Liebe und der Respekt vor den Eltern mit jeder kommenden Generation ab, und wahrscheinlich wird es der zukünftigen vierten Generation ganz fehlen. Liebe alles und jeden um dich herum. Es geht um Liebe. Die Liebe, die man gibt, ist die Liebe, die man empfängt. Je mehr man gibt, desto mehr erhält man. Es ist ein Bumerang. Alles, was die Menschheit braucht, sind Liebe, Respekt, Freundlichkeit und Empathie füreinander. Wenn man den Bedürftigen hilft, dann wachsen alle zusammen. Wir sollten daran denken, niemanden niederzulegen und sie so weit wie möglich aufzuheben. Auch wenn wir jemandem nicht helfen können, sollten wir darauf achten, ihm nicht zu schaden. Denke positiv, bleibe gesund, verbreite Liebe und beende den Hass.

Die Ansichten eines 48-jährigen Lehrers:

Religion sind Menschen. Ich glaube an Paramatman. Wir alle haben Seelen in uns, und Paramatman ist genau diese universelle Seele. Man glaubt fest daran, dass Paramatman uns hilft; habe Glauben, es ist unser Ziel, und es zu erreichen ist das ultimative sinn unseres

Lebens. Wenn ich mich ergebe, dann zum absoluten Wohl der Menschheit. Ich glaube, sich Paramatman zum eigenen Vorteil zu unterwerfen, ist eine egoistische Handlung. Ich würde lieber für meine Sorgen kämpfen und mich für die Verbesserung der Menschheit ergeben. Liebe für mich ist Freundlichkeit.

Es besteht eine Wechselbeziehung zwischen Liebe und Bhakti. Wenn wir zum Beispiel verliebt sind oder Gutes tun, suchen wir nicht nach Paramatman oder hoffen in dieser Situation, aber wenn es Zeit für unseren Untergang ist, rennen wir auf Paramatman zu. Wenn wir das universelle Bewusstsein erlangen wollen, brauchen wir reine Liebe, nicht als Emotion, sondern als Qualität. Wir müssen jede einzelne Kreatur lieben. Liebe bedeutet Paramatman und Paramatman ist Liebe, denn wenn wir jemanden nicht lieben können, dann werden wir nie etwas erreichen können. Religiöse Schriften sind wie ein Arbeitsbuch für unser praktisches Leben. Wir können in dieser Ära als gewöhnliche Menschen den heiligen Schriften nicht wortwörtlich folgen. Diese Menschheit braucht eine qualitativ hochwertige Bildung, die unser Wissen umfasst, um ein harmonisches Leben zu führen. Die Menschheit hat sich allein aufgrund ihres Lebensstils erniedrigt. Uns fehlt die grundsätzliche Qualität, die zum Überleben notwendig ist. Was ist das? Es ist Reichtum, der Reichtum des Wissens. Er schlägt vor, dass wir uns unser ultimatives Wissen aus unserem täglichen Lebensstil verdienen sollten. Daher ist die Verbesserung unseres Lebensstils in dieser Phase von entscheidender Bedeutung. Leider haben wir diese Lernfähigkeit verloren.

Wegen der fallenden Konjunktur sehnen wir uns nach unserem täglichen Brot. Wir kämpfen und arbeiten jeden Tag hart, um unser tägliches Brot zu haben, aber wenn wir das universelle Bewusstsein erlangen wollen, müssen wir aufhören, materialistisch zu sein und unser tägliches Brot oder unseren Geldreichtum vergessen. Wir brauchen unser tägliches Brot nicht vergessen, aber was wir tun können, ist, einen Weg dazwischen zu finden und unsere eigene Rolle für eine bessere Menschheit zu spielen. Um die ultimative Erkenntnis der ewigen Liebe zu erlangen, muss man der Gesellschaft einen Dienst erweisen.

Ansichten eines 76-jährigen Industriellen und eines heiteren Gottgeweihten:

Seit meinem 16. Lebensjahr ist Sri Sri Lokenath Brahmachari mein Universum geworden. Sri Sri Lokenath Brahmachari ist meine Religion, meine Zuflucht; Er, dem sich Millionen von Menschen ergeben haben. Seine Leelas sind erstaunlich. Er ist mein Retter. Ich glaube, egal was passiert, Baba Lokenath wird immer zu meiner Rettung kommen. Sie hat auch einen Blick auf Paramatman. Unser Karma ist wesentlich, da es über unsere Zukunft und unseren Platz im geistigen Reich entscheidet. Liebe ist Ruhe, und die Reise der Liebe zum Geliebten gibt die Kraft und birgt die Essenz der reinen Liebe. Die Liebe zu ihr ist mein verstorbener Ehemann, der mein aradhana war.

Bhakti und Liebe sind miteinander verbunden und basieren auf Vertrauen. Wenn man keine Bhakti hat, dann gibt es keinen Rahmen für Vertrauen. Mein verstorbener Ehemann vertraute Sri Sri Lokenath Brahmachari; selbst wenn etwas Schreckliches passierte, glaubte er, dass Baba Lokenath dies zu unserer Verbesserung tat. Leider fehlt es der heutigen Generation an Liebe. Sie kümmern sich nicht um Mitmenschen; die Menschheit hat ein Ego als Avatar, was zu großem Elend und Depression führt.

Die Bhagavad Gita ist eine Form des ewigen Wissens, die uns etwas über die Gesellschaft erzählt. Jeder Shloka der Gita hält einen innere Bedeutung und Verständnis; es wird uns mit ewiger Glückseligkeit versorgen und uns helfen, in dieser Gesellschaft zu überleben. Wir alle sind Zeugen der Degradierung der Menschheit an diesem Punkt; die zukünftigen Generationen sind unwissend über ihre eigene Realität geworden, isoliert in einer künstlichen Welt. Der Gesellschaft fehlt es an Geduld, und die Menschheit ist egoistisch geworden. Es mangelt an Kommunikation. Sie vergessen das Grundbedürfnis der Geselligkeit. Dieser Mangel an Kommunikation führt zu einer massiven Kluft zwischen der Gesellschaft selbst. Die zukünftigen Generationen vergessen die Bedeutung des physischen menschlichen Kontakts, vermischen oder sozialisieren sich mit Menschen und entwickeln ein Gefühl für das abstrakte Phänomen. Ihnen mangelt es an Kommunikation und Emotionen, was zu erheblichen Zerstörungen führt. Liebe muss zu dieser Stunde geweckt werden, was Kommunikation, Fürsorge und Verständnis mit sich bringt.

www.ingramcontent.com/pod-product-compliance
Lightning Source LLC
LaVergne TN
LVHW041848070526
838199LV00045BA/1494